鏡本歴史物語

忍者風魔

戦国時代を生きた風魔小太郎

鏡本ひろき
KYOMOTO HIROKI

幻冬舎MC

忍者風魔

～戦国時代を生きた風魔小太郎～

目次

風魔の里

応仁の乱から室町幕府の威光が陰り、日本各地に戦国武将が群雄割拠していた一五五八年十一月末。

その群雄の中に、伊豆・小田原を領有し、さらに関東へ領国を拡げようとしていた北条氏がいた。

北条氏領国の一角、ここ足柄（箱根と小田原の間）に忍者が暮らす里があった。風祭《かざまつり》という地名の近くの風間《かざま》村（風間谷）には、約二百世帯の忍者の集団が住んでいた。

この里を統括するのは、風魔忍者の頭目、四代目風魔次郎太郎である。

四代目は、集められた忍者二百人を前にして命令を下す。忍者たちは、片膝をつく忍者座りで発せられる言葉を待っていた。晩秋の冷たい風が蕭条《しょうじょう》と吹く。

「皆の者。三日後にまた戦《いくさ》になるぞ。小田原の北条幻庵《げんあん》様（北条氏親族）よりお達しが来ている。此《こ》の程、北条様が取得した沼田城（群馬）周辺の敵を一掃するのが、今回の任務だ」

三十八歳になる四代目風魔次郎太郎は、向こうの谷まで届く声で二百人の忍者に伝達した。

「合点承知の助。破壊工作なら任せておくんなまし」

九人いる上忍《じょうにん》の一人、臨太郎《りんたろう》がそれに応える。臨太郎は当時としては珍しく、鉄砲を持ち、煙幕や炎などを扱う、火遁《かとん》の術にも精通していた。臨太郎の女性のような話し方に一同は爆笑する。

「臨太郎。女の真似をするのは、任務の時だけにしろ！」

座りながら聞いていた二百人の上忍・中忍《ちゅうにん》・下忍《げにん》たちは、また爆笑する。

「北条様は、駿河《するが》（静岡）の今川、甲斐・信濃（山梨・長野）の武田とは三国同盟を結んでいる。敵は、越後（新潟）の上杉のみ」

「おお！」

四代目屋敷前の広場で頭目の言葉を聞いていた忍者たちは、一斉に雄叫びをあげた。

頭目と部下の忍者たちが意気投合する姿を見て、尋一《じんいち》は、心を躍らせていた。

樋口尋一《ひぐちじんいち》は今年、十四歳になり、一人前として認められ下忍になった。そして、下忍として、初めての仕事をする機会がやってきたのである。

尋一には、もう一つ嬉しいことがあった。

それは、幼なじみの椎名杏《しいなあん》と許嫁《いいなずけ》になったことである。

四代目の風魔次郎太郎が、尋一を一人前として認め、下忍にした。一人前になったのだからと、四代目は尋一と幼なじみの杏を、尋一の婚約者に指名した。祝言《しゅうげん》（結婚式）は、一年後に予定されていた。

四代目屋敷前の広場から、忍者たちが解散している中、頭目の風魔次郎太郎が尋一の所にやって来た。

「尋一、次は初めての戦いになるな。戦いになるまで、よく身体を休めておけよ」

「はい！　頭目の演説は凄い迫力でした」

「そうか。杏とは仲良くしているか？」

「はい。毎日話をしています」

「杏とお前は、似た者同士だ。皆から人気がある。頑固なところも。ハハハ。五歳の時、ここにきたのも同じだ。あれから九年か」

風魔次郎太郎は、谿紅葉《たにもみじ》に彩られた足柄の山々を見ながら、遠くに霞む富士を見た。秋の空は真っ青な色で、雲は走るように伸びていた。

九年前の関東で発生した大地震により、尋一と杏は、二人とも両親や兄弟を亡くした。その時、四代目風魔次郎太郎によって拾われ、風魔の里に来たのである。

四代目は、そのような孤児を集めて、風魔の里の館《やかた》で育てた。その館の名前は、〝一体館《いったいかん》〟

である。

この冗談のような館の名は、震災や戦争によって両親を亡くした子供たちを想って、風魔次郎太郎が考え付けた。四代目は、孤児になった子供たちの〝我が身を包んで離さない寂しさ〟をよく理解していたのである。


その日の夜、尋一と杏は孤児の館〝一体館〟の外で話していた。

夜空には、さざ波のように雲が流れ、その流れと共に、三日月が星の中に吸い込まれていくようであった。

「三日後は、いよいよ俺の初陣《ういじん》だ。武士ではないながら思う存分活躍して来る心づもりだ」

尋一は興奮気味に婚約者の杏に話す。

「あまり無理はしないでね。貴方《あなた》が無事に帰って来るのを待っているわ」

「来年の祝言を挙げるまでは、死ねないよ。ハハハ」

「祝言を挙げるまで……じゃなくて、祝言を挙げた後も……でしょ。アハハ」

「杏と婚姻できるなんて、夢のようだ。昔から俺は杏のことが好きだったんだ」

「昔からって、貴方、今いくつ？　まだ十四年しか生きてないでしょ」

「お前も十四年しか生きてないじゃないか」

そう言い合って、二人はまた一緒に笑い声を上げた。

二人がそんな話をしていた時、杏が夜空に浮かぶ、砂粒のような数えきれないたくさんの星を見て、大きな声を上げた。

「見て、あの星、私に向かって光っている」

「ばかなことを言うな。星は、皆に向かって光っているんだぞ」

「そんなことないよ。あの星は絶対、私に向かって光っているって」

杏が指差した先には、他の星より一際《ひときわ》大きく輝く〝北極星〟があった。この星は、北の空に、いつも同じ位置で光っていた。

「杏の夢は、とてつもなく大きいということだな。俺は、杏の夢を叶えるために何になろう？　一国一城の城主で、お前がその奥方というのはどうだ。面白いだろ！」

尋一は、今すぐにでも叶えてやるという表情を浮かべながら、杏に目を向けた。

「一国一城のお殿様の奥方か。悪くないけど、少し違う気がするわ。まだ、子供だもん。どうなりたいかは、わからないわ。でも、あの星だけは、私に前に進めと呼び掛けている気がするの」

二人が話し終え、孤児の館〝一体館〟に入ってしばらく経った時、夜空に流れ星が落ちた。

鳶《とび》加藤

風間村（風間谷）に住む、風魔一党が仕える〝北条氏〟の当主は、三代目北条氏康《うじやす》である。

初代の北条早雲《そううん》が最初に拠点として選んだ地は、伊豆であった。そこから小田原城を攻め取り、その後小田原を本拠地とした。

今では、北条氏が小田原城を拠点にしてから約六十年も経っている。以後、北条氏は、二代、三代とその目を関東に向けながら、着々と勢力を伸ばして来た。

二代目氏綱《うじつな》は、関東支配の礎を築いた。本拠小田原は、三代目北条氏康の時には、城下町も整い、関東における政治や経済、産業、文化の中心として繁栄した。

北条氏の家中で、風魔一族に直接指示を出すのは、初代北条早雲の四男にして末子の北条幻庵である。

幻庵は、三代目当主、北条氏康の大叔父に当たる。幻庵は、北条家の中で、最大の領地を持ち、箱根・小田原を領有していた。

北条氏は現在、伊豆・相模《さがみ》（神奈川）・武蔵《むさし》（東京・埼玉）全域を支配下に置き、駿河・

下総《しもうさ》（千葉北部）・上野《こうずけ》（群馬）の一部も領有している。

風魔一党が、今回出陣する沼田城周辺は、北条領国の中でも極端に飛び出ていた北の最前線である。


四代目風魔次郎太郎の演説より、三日が経ち、いよいよ今日が出発の日となった。

時刻は、朝八時。出発する忍者二百名は皆、朝餉《あさげ》を食べ終え準備万端である。

天気も良く、静まり返る忍者集団に向かって、ピーピーピーとメジロの鳴き声が響き渡る。


風間谷の底を流れる清流から、シュラシュラシュラとせせらぎの音も聞こえて来る。

「皆の者。出立の準備は良いか。残る者は、留守を頼むぞ」

戦闘用の衣装を着ている四代目頭目が、出陣する者たちや留守で残る者たちに声をかけていた。


忍者たちは、普段は紺色に染められた農作業服を着ているが、戦闘時には、山着・野良《のら》着を改良した茶色の服を着用した。

闇に紛れるため、色は黒ではなく茶色（柿渋色やクレ色＝夕暮れのような色）に近いものを着用する。〝六尺手拭《ろくしゃくてぬぐい》〟を覆面に用いる者もいた。

「合点承知の……」

上忍の臨太郎が、いつものように合いの手を入れようとした時、牛舎の牛が急に暴れ出した。その牛は、出陣のため整列していた二百人の風魔軍団の列に突っ込んで来た。

それを見た別の上忍の闘次郎《とうじろう》が透かさず、牛に鉄拳を食らわせ、牛を気絶させた。

「牛を管理している者は誰だ。出陣前に縁起でもない。しっかり紐で括り付けておけ」

怒る闘次郎に、

「まあまあ。そう目くじらを立てなさるな。牛の機嫌が悪かったのであろう。牛の一頭や二頭で驚いていては、戦いはできませんぞ。フフフ」

同じく上忍で諜報《ちょうほう》活動を得意とする兵衛《ひょうえ》が、闘次郎をなだめる。

「しかしながら……軍律は厳しくしなくては、集団はまとまらない。今、牛を管理している者は誰だ?」

兵衛は、その冷徹な顔で出発間際の風魔一党全員を見渡す。

「申し訳ございません。担当は、我が班の鳶《とび》加藤です」

中忍の一人が、下忍である鳶加藤の頭を下げながら前に出た。

「致し方ない。今回の任務に鳶加藤は連れていけない。鳶加藤は、留守部隊とする。そのように対応させよ。それで良いな、列衛門《れつえもん》」

鳶加藤の所属する組の隊長である上忍の列衛門に、兵衛は許可を求めた。

「それで良い」

武器の〝忍びの鎌〟を持ちながら、上忍の列衛門は首を縦に振った。


「何をぐずぐずしているか。ここ風間村から沼田城までは、普通の人で五十時間掛かる距離だぞ。我々忍者でも三十時間は掛かる。明後日《あさって》の夜八時までに着けなくなるぞ（一日十時間歩き、休憩は二時間。途中で二泊し、三日目の夜八時に沼田城に着く段取りであった）」

忍者頭目の四代目風魔次郎太郎は、顔に苛立ちの表情を浮かべていた。

「はっ！　準備は万端にございます」

上忍の列衛門が、中忍に鳶加藤を残していくように指示をしながら、応えた。


朝八時を少し回った時刻に、風魔一党は沼田に向けて風間村を出発した。

この二百名の忍者集団は、下忍四人と中忍一人を一班として、班長に中忍を置いていた。

四班を一組として組の隊長には上忍がなった。それぞれの組には、任務が決まっていた。

例えば、臨太郎が率いる臨組は、破壊任務。主に火器を使って、破壊活動をする。

また他の組では、兵衛を中心として諜報活動をする組（兵組）などがあった。

班の名前は、順番にイロハ……と続き、組の名前は、組の隊長の名前一文字を取った。

主に破壊や暗殺をする組は、隠忍《いんにん》と呼ばれ、普段は姿を隠し、闇夜を得意とする。一方、諜報や離間、謀略を得意とする忍者は、陽忍《ようにん》と呼ばれ、姿を公にさらしながら計略によって目的を遂げる部隊であった。

上忍は、九人いて、それぞれが四班（二十人）を率いる。残りの二十人は、四代目頭目の直属部隊であった。

四代目の意向により、九人の上忍は若返りが図られ、その半数が二十代であった。

上忍九人の名前や特技、年齢はかくの如きである。

（隠忍　臨太郎＝破壊・火遁・鉄砲・女装、二十一歳。闘次郎＝破壊・水遁・鉄拳、二十二歳。者太郎《しゃたろう》＝暗殺・土遁・吹矢、三十三歳。陣太郎《じんたろう》＝破壊・木遁・目つぶし、五十二歳。在《ざい》次郎《じろう》＝暗殺・金遁・鉄刀、六十歳）

（陽忍　兵衛＝諜報・武士・忍び竹、二十三歳。皆衛門《かいえもん》＝離間・虚無僧《こむそう》・五社の術、二十五歳。列衛門＝謀略・猿楽《さるがく》・かすがい・鎌、二十八歳。前衛門《ぜんえもん》＝諜報・商人・キセル、四十一歳）

出発する忍者集団の中にいた尋一は、行軍しながら、風魔の里を振り返った。

――今回の任務は、沼田城周辺の敵を一掃するだけの簡単な任務だ。冬になる前に帰って来られるだろう。それまで、杏に会えないけど、忍者の務めだから仕方がない。

風間村に残った引退している忍者や女子供は四代目が率いる一行に手を振っていた。

尋一は、その中で手を振る杏の姿を見つけ、声をかけた。

「杏だ。杏も手を振っている。おーい！　俺は忍者になってからの初仕事をして来るぞ」

風間谷から抜け道である林道に入った尋一は、声を出しながら、手を振り返した。しかし、遠く離れていたため、その声は届かなかった。

その隣に項垂《うなだ》れている鳶加藤の姿も見つけた。鳶加藤は、尋一より四歳年上で、既に下忍として何度も戦いに出ていた。

孤児の館〝一体館〟で同じ孤児である尋一や杏たちに、その戦いの様子を面白おかしく話すのであった。特に鳶加藤は、宝物に目がなく、素晴らしい宝物を見つけた時などは、自慢げに話した。

――鳶加藤のようなヘマはやらないぞ。

尋一は、振り返った顔を真っすぐ行軍の列に戻した。向いた先の林道は、曲がりくねった道である。

風魔一行が、今日宿泊予定の江戸城（太田道灌《どうかん》が築いた平山城）に着いた時、風間谷から早馬の知らせが着いた。

「よ、四代目はどこにおられますか？」

早馬を風間谷から飛ばして来た使者は、午後風魔の里を出て、ようやく風魔一行に追いついたところだった。

「如何《いかが》した。何か不都合なことが起きたか？」

行軍の最後尾を務めていた、上忍の中で一番年長の在次郎が応対する。

「一大事でございます。留守に残った鳶加藤が抜け忍（忍者集団を脱走）となりました。しかも、杏殿を連れ去ってどこかに逃亡した模様であります」

「それは大変だ！　すぐ頭目に知らせなくては」

在次郎は、太った身体を揺らしながら、大急ぎで頭目の宿舎に駆け上がった。

報告を受けた四代目風魔次郎太郎は、即座に組の隊長である九人の上忍たちに指示を出す。

「わしの組を含めた四組（八十人）は予定通り、沼田城に向かう。陣太郎を中心としたもう三組（六十人）は、西に向かい八王子近辺を捜索して、一日遅れで沼田城に合流しろ！

残りの三組（六十人）は、一度風間谷に戻り、そこから甲斐と駿河方面を手分けして探せ！　この三組は、鳶加藤を探すまで、今回の戦いには参加しなくて良い！　尋一も風間谷に戻し、捜索隊に加えろ」

風間谷に戻す組の上忍、前衛門に四代目は、付け加えて指示を出した。

「前衛門。尋一は、杏をさらわれ気持ちが乱れている。くれぐれも無理をさせるな」

「承知つかまつりました」

半数近くが二十代の上忍の中で、比較的年長である四十代の前衛門が四代目に頭を下げた。

捜索

尋一は、上忍の前衛門と共に風間谷への帰路を進んでいた。

──信じられない。杏がさらわれたなんて。鳶加藤の野郎。必ず見つけ出してやる。

尋一の思い詰めた顔を見て、前衛門は尋一に声をかけた。

「尋一。悔しい気持ちは良くわかるが、くれぐれも無理をするなよ。頭目からもきつく言われているからな」

「……」

尋一は、下を向いたまま黙っていた。

「まあ、今は何を言っても声は届かないか。俺がしっかり見るから心配ないだろう」

行きよりも速い速度で、本隊から分かれた三組（六十人）は風間村に向かっていた。


風間村に着くと、留守を預かる引退した忍者が慌てて、上忍の前衛門に近寄って来た。

「留守を預かっていたのに、こんなことになって申し訳ない。気づいてからすぐに鳶加藤を追ったのだが、どこにも見当たらない。どうしたものか」

引退している年老いた忍者も慌てていた。

「それよりも残った者の動揺を鎮めてくれ。捜索は、我々三組（六十人）が行う。他の三組も八王子近辺を探しているから、きっと見つかるだろう」

前衛門は、もう二組の隊長である上忍二人に話しかけた。その二人とは、いつでも落ち着いている在次郎と鳶加藤が所属していた組の隊長、列衛門である。

「在次郎の組は、駿河へ。俺と列衛門の組は、甲斐から探し、信濃まで探す。たぶん奴は抜け忍になって他家へ仕官するつもりだろう。駿河の今川氏、甲斐・信濃の武田氏は同盟国だが、他家の領国で行動する時は、くれぐれも注意してくれ」

頭目から徹底的な捜索を指示されていた前衛門は、二人の上忍に伝達をした。

「それと俺は、尋一に張り付いて捜索にあたる。尋一も頭に血が上《のぼ》っている。注意して行動を見守らなければ」

前衛門は、自分に言い聞かすように二人の上忍に付け加えて話した。


「大変です！　尋一が独りで鳶加藤を探しに行ってしまいました」

前衛門から尋一を見張っておくように言われていた中忍が、慌てて飛び込んで来た。

「何！　尋一は今、冷静な判断ができない。

鳶加藤と共に尋一も探さなければ……」

前衛門を始めとした三組（六十人）は、休む暇もなくそれぞれの捜索個所に散らばった。

在次郎の組（二十人）は、駿河へ。前衛門と列衛門の組（四十人）は、甲斐へ向かった。

彷徨う

樋口尋一は、独り風間村を抜け出し、杏を連れ去った鳶加藤を探しに出た。

――俺に付いていた中忍は、「上忍の前衛門と一緒に行動しろ」と言っていたが、それまで待てない。一刻も早く杏を見つけ出すんだ。

尋一は、昨日の朝、この風間村を風魔一党二百人と出陣した。その日の夜、江戸城まで着いたが、踵《きびす》を返し、また翌日の朝、この風間村に戻って来たのである。

その行き帰りの行軍では、四時間の休憩しか取っていなかった。もちろん、睡眠もほとんど取っていない。それは、一緒に戻ってきた前衛門以下三組六十人の忍者たちも同じであったが、他の忍者たちは、幾多の戦場を乗り越え、積んでいる経験量が尋一とは違う。経験を積んだ忍者たちは、長丁場の任務に対して、どこで手を抜き（休み）どこで集中するのかを知っていた。

尋一は、今回の行軍が初めてであり、野外の恐ろしさや力の出し入れのコツについて、まだ何の知識もない。

そんな未経験の尋一が、独りで野山を駆け回ることは、危険な行為であった。山を越える時に危険なことは、道迷いやケガ、急病である。特に道迷いは、経験豊富な者でも起こす可能性が高い。

四代目頭目は、その危険性を感じていたから、経験豊富な上忍の前衛門にその身柄を預けたのだが、前衛門の楽天的で自信家な性格が裏目に出てしまった。

風間村を独り飛び出し、尋一は北に向かっていた。午前中、日が出ているが、十一月末の足柄の山々は、冷え込んでいた。日が当たらない大地に降りた霜柱を、ざくざくと踏みわける。

——俺にはわかるんだ。鳶加藤は、前から北に行きたいと話していた。奴は、こんなちっぽけな忍者の里で暮らすよりも、一角《ひとかど》の武将に仕えて、戦で手柄を立て出世したいと常々言っていた。そして、出世して、大名に頼られるような武将になりたいとも言っていた。この戦国の中で今、伸びそうな大名は、越後の上杉謙信（名前を謙信で統一）だと言っていた。奴は、北の越後に向かい上杉家に仕官するつもりなんだ。それにしても何故、杏を連れ去ったのか？　前から杏のことが好きだったのか？　杏を守れなかった。クソッ。

尋一は、太陽の位置を頼りに北に進む。

――太陽がある方向が、南だから、それと反対に進めば北に行ける。越後と言ってもどうやってそんな遠くに行けるんだ。確か、風間谷の北に足柄の山があり、その近くには箱根がある。それから……甲斐を抜け、その北の信濃のさらに北が、越後だった気が。クソッ、地理をもっと勉強しておけば良かった。

尋一は、山に刻まれている獣道を通らず、草木が生い茂る山中を蜘蛛の巣があろうが、枝が密集し前に憚《はばか》っていようが、ただひたすら北へ一直線に移動した。

甲斐に向かった前衛門と列衛門の部隊（四十人）は、尋一と同じ足柄の山を探索していた。

「鳶加藤は、昨日の午後風間村を出たから、ほぼ一日遅れだ。ただ、杏も連れているから、そう速くは移動できないだろう。まずは、ここ足柄の山を徹底的に探そう」

いつもは、自信たっぷりの前衛門も、尋一にも抜け駆けされて少し焦っていた。

「風間村の留守の者からは、鳶加藤は昨日の午後、馬を使って村を抜け出したと聞いている。はっきり見た者はいないが、厩舎から馬が一頭いなくなっているようだ。たぶん杏も馬に乗せられて、連れ去られたのだろう」

同じ上忍の列衛門も応えながら、前衛門に続く。列衛門は、普段は寡黙だが、危機の時などはよく話すのであった。

四十人の部隊は、足柄の山の間道を中心に探し求めた。だが、尋一は十四歳、鳶加藤は十八歳であり、大人の想定を超える移動の仕方をしていたため、見つからなかった。

尋一は間道を使わず、いたずらに先を急いでいた。大人が考えれば、それは体力を消耗してしまう効率の悪い移動方法であり、絶対に選ばないやり方だった。人間というのは歳を重ねると、少年少女であった時の考え方を忘れてしまうようである。


一方、騒ぎの張本人である鳶加藤は、自分の背中側に杏を馬に乗せて移動していた。行先は、風魔一党の誰もが考えなかった、小田原であった。

昨日の午後、鳶加藤は思い立ち、杏を連れて風間村を出た（以前から風間村を出て優れた武将に仕え、立身出世することが彼の野望であった）。風祭で早川にぶつかり、その川に沿って海の近くまで馬の歩《ほ》を進めた。そしてその晩、小田原郊外の空き家で二人は一泊した。

杏は、最初は何故私を連れて行くのかと反発していたが、鳶加藤の鬼気迫る迫力に気圧《けお》されるうちに、彼の大きな野心にすっかり魅《ひ》かれてしまったらしい。空き家で一泊した後、急に大人しくなった。

翌日、「これから小田原で船に乗り、越後に向かう」と鳶加藤が杏に言った時、杏は何も言わずについて来たのである。

この乱世に、杏もまた下克上の夢を抱いていたのかもしれない。上から指示を受け、ひたすら仕事をこなすという忍者集団の世界は、杏にとって以前から堅苦しい世界だった。また、頭目が決めた許嫁として、尋一の所に嫁ぐことは、向こうっ気の強い彼女には受け入れ難いところがあったのだ。

杏は、人に好かれるという性格を持つ一方、頑固で独立志向の気質を持っていた。意外なことに権謀家でもあった。

鳶加藤の〝気宇壮大《きうそうだい》〟な大局的な考え方に以前から共感していたのかもしれない。忍者たちは、専門的な狭い考えで行動する傾向があり、全く別のタイプの鳶加藤の夢物語に杏は同調したのであった。

二人は、小田原の港、船方村《ふなかたむら》で船に乗った。

船は、北国船《ほっこくぶね》と呼ばれる千石積《せんごくづみ》の大型船で、東北地方の材木を積んでいた。その荷をここ小田原で降ろし、数日程、停船していた。

今、帰りの荷物である小田原名産の鋳物《いもの》を積んでいる。この鋳物は、仏具や鉄砲、陣笠、鍋、釜などに使われ、高い需要がある。

船は、平底で船首が丸くどんぐりに似た形をしている。そして、重木《おもき》造りの堅牢な構造であった。

船の帰りの行先は、小田原とは真反対の日本海の秋田である。

その航路は、小田原から銚子と那珂湊《なかみなと》に寄り、その先の陸奥《むつ》（東北東側）を通り、津軽海峡を越え、日本海に抜けるものであった。

北国船は、瀬戸内海の船とは違い、帆走性が悪く、人力航行を併用するため二十人もの乗組員がいた。その乗務員たちと、鳶加藤は談笑しながら、船の上で寛いでいた。

すぐに見知らぬ人とも打ち解ける鳶加藤の姿を見て、杏は心ならずも頼もしさを感じるのであった。

尋一は、来る日も来る日も十二月の寒さが身に染みる野山を北に向かって進んでいた。

風に吹かれ、枯れた葉や木々がまるで魔王の囁きに聴こえる。夜もほとんど休まず、風を切り駆けて行く。咲いている綺麗な花も目に入らず、囁きだけが聴こえて来る。枯葉が揺れ、目の前に見える木々が灰色に見える。魔王が尋一を掴み、苦しめる。

ある時は、木の上の果実を食べ、また別の日は、自生している山菜を食べた。バッタやコオロギといった昆虫や幼虫を捕まえる時もあれば、むかごを見つけて、山芋を掘ったこともあった。洞窟で寝泊まりし、ぬかるみにハマったこともある。坂を踏み越え、崖を下って何日も杏を探し求めた。

気づいてみれば、尋一は甲斐を越え、信濃北部まで来ていた。

まるでベートーベンの悲愴第一楽章のような悲しさが、尋一の心を包み込んでいた。

――駄目だ。見つからない。見つからない。杏はどこに行った？　あの星空を見た夜はどこに行った？　あの前途洋々と思っていた日々は夢だったのか？　俺はこんなにも不運の持ち主なのか？　探せど探せど見つからない。星が降るように全てが消えていく。杏よ杏よ、どこにいるんだ。俺の声が聞こえないか？　聞こえているなら応えてくれ。どうか、どうか無事でいて欲しい。俺が安心させてやる。怖い思いをしているのか？　元気でいるのか？あの峠を越えれば杏はいるのか？　その次の峠の向こうにいるのか？　見つかってまた笑顔で会いたい。声を聞きたい。ああ、意識が遠のいていく。もう動く気力がない。ここで俺は何もしないまま、この世を去るのか？　俺の人生は何だったんだ。あの期待に満ちた日々は何だったのか？　もう駄目だ。力が出ない。杏よ、もう一度だけ姿を見せてくれ。

尋一は、悲愴な面持ちで、北信濃の川中島で意識を失った。

薄日が差す夕方、冷たい風に吹かれて粉雪が舞い降りて来た。

倒れた尋一の目の前には、大きな川が横たわっていた。

越後の鍾馗《しょうき》

「其方《そなた》は大丈夫か？　意識はあるか？」

越後周辺の北信濃で見回りをしていた上杉家武将、斎藤朝信《さいとうとものぶ》が倒れている尋一に声をかけた。

斎藤は、数人の騎馬武者を伴い、その先頭を進んでいた。

二本の金の角《つの》を持つ前立ての兜《かぶと》をかぶり、甲冑《かっちゅう》姿で用心しながら敵がいるのではないかと、斎藤は北信濃の領地を巡回していた。

近頃は、この辺りに甲斐の武田が領地を伸張し、武田の偵察兵もウロウロしている。

斎藤が尋一の額に手を触れると、凄い熱を持っていた。

「これはまずい。この小僧をすぐ近くの民家に移動させろ」

尋一に手を当てて、ことの重大さに気づいた斎藤は、部下に指示を出す。

既に日は暮れようとしていた。倒れた尋一の周りに、冬の寒気《かんき》が地獄の門番のように居座っていた。

尋一は、風間村から古府中《こふちゅう》（甲府）まで約七十キロと古府中から川中島まで百五十キロ、計二百二十キロも這いつくばりながら、杏を探したのであった。風間村を衝動的に飛び出してから何日が経っていただろう。

この川中島は、長野盆地を流れる千曲川《ちくまがわ》と犀川《さいかわ》が合流する地点にできた三角州である。尋一にこの大きな川を渡る力はもう残されていなかった。この大河を前にして、尋一は前に進む意欲を失くし、この地で倒れたのであった。

だが、尋一の命の灯《ともしび》は消えていなかった。命の灯が消える寸前に、越後の鍾馗《しょうき》と呼ばれた猛将斎藤朝信に救われたのだ。

斎藤は、右目に黒い眼帯をしていた。以前の戦いでケガをして、右目を失明していたのである。左だけの目で、その鋭い眼光を尋一に向けた。

「この少年の生命力は底知れぬ物がある。薬をこの民家に届けろ。お前は、少年が意識を取り戻すまで、看病するのだ」

兜を脱いだ斎藤は、髪を上の方に結んでいた。猛将らしい立派な口髭《くちひげ》と耳までの顎鬚《あごひげ》をたくわえている。そんな姿から、越後の鍾馗と呼ばれているのであろう。しかし、斎藤は、身体は小さく、左足も不自由だった。

鍾馗とは、魔除けや学業成就に力を持つ、中国道教の神様である。長い髭をたくわえ、剣を持ち、ギョロッとした目で相手を睨みつける姿に似ている斎藤は、越後の鍾馗といわれる。また、斎藤の文武両道で忠義心に篤く、民を愛する姿も、優しい心を持つ鍾馗と重なったのであろう。

平安時代に鍾馗という神は日本に伝わり、人々から尊敬、畏怖されていた。

数日後、尋一は息を吹き返した。斎藤が尋一のために残した部下が、斎藤に少年が目覚めたことを伝えた。

斎藤は急ぎ、居城の赤田城《あかたじょう》（柏崎近く）から駆け付けた。

「少年よ。起き上がれるか？」

民や兵卒を普段から慈しんでいる斎藤は、その仁愛の心で尋一に話しかけた。

「わ、私は一体どうして、ここにいるのでしょうか？　貴方様が私を助けて下さったのですか？」

徐々に記憶を取り戻しながら、尋一は目の前にいる立派な武将に尋ねた。

「お前は、川中島で野垂れ死ぬところだったのだ。我々が見つけなければ、翌日には屍《しかばね》となっていたであろう。運の強い者だ」

尋一は大河を前にして、もはや進むことができないと諦め、冬の寒さの中で死を覚悟したことを思い出した。

「私の名前は、樋口尋一と申します。許嫁の杏がさらわれ、奪い返そうと思い、南の方から独り飛び出して来ました」

斎藤の身体から滲《にじ》み出て来る存在感と安らかな優しい眼差しから、尋一は自然に、自分の素性《すじょう》を明かした。

「そうか。大変なことになったな。まずは、身体を休めて、時間を掛けて探すが良いぞ。運命の糸が繋がっていれば、その許嫁とは、必ずまた出会うことになるであろう」

斎藤の小さな身体が、山のように大きく見えた。

――一度捨てたこの命、この武将に捧げよう。

杏とは、必ず再会できるはずだ。

思い直した尋一は、斎藤と行動を共にすることにした。

葛藤

一五六〇年五月、戦国の世を大激震する出来事が起こる。室町幕府足利将軍家の親族である駿河の名門、今川家当主の今川義元《よしもと》が桶狭間《おけはざま》で織田信長に討たれたのである。

今川義元は、駿河・遠江《とおとうみ》（浜松付近）・三河《みかわ》（愛知東部）を治める大大名であった。また、優れた領国経営と軍事、外交力が評判で、〝海道一の弓取り〟と呼ばれる程の実力を持っていた。

実際、相模の北条、甲斐の武田とは、三国同盟を組み、相互不可侵協定などを結んでいた。今川・北条・武田の結び付きは強く、特に越後の上杉謙信は、北条・武田の二大名を相手に孤軍奮闘していたのである。

上杉謙信は、今川家当主が討ち取られたことを好機と捉え、関東に進出している北条を討つために出陣した。

謙信の右腕である武将、斎藤朝信にも出陣命令が下された。尋一は斎藤に従い、関東攻略の上杉軍に参加した。

十月、上杉軍八千は、越後から三国峠《みくにとうげ》を越え、越後からの関東の入り口である上野《こうずけ》に入り、北条に取られた沼田城を落とした。

謙信は、この戦いに大義名分を掲げていた。

それは、関東管領《かんとうかんれい》が北条に取られた領地を奪回するというものであった。関東管領とは室町幕府が関東を統括させるために設置した役職である。

関東の大名たちは、この大義名分に呼応し、謙信の下《もと》に続々と集まった。

その勢いは凄まじく、関東の北条方の城は、次々と落とされていった。

困った北条は、同盟国である武田・今川に援軍を求めた。

しかし、謙信の勢いは止まらず、謙信が率いる軍勢は、何と十万を超える程に膨れ上がった。

北条家当主、北条氏康は、「とても敵《かな》わない」と言い、本拠地の小田原城に籠城した。

流石《さすが》の謙信も堅牢な小田原城に阻まれ、北条家を滅ぼすことはできなかった。

丁度その頃、要請していた武田・今川の援軍が到着するという知らせも入ってきた。

謙信たち十万余の軍勢は、十日に渡る小田原城包囲を諦め、撤退した。

その帰り道に謙信は、参戦大名や武将を伴い、鎌倉の鶴岡八幡宮《つるがおかはちまんぐう》で関東管領の就任式を行った。室町幕府から任命されていた前の関東管領が上杉謙信に、新しく関東管領の職を継いで欲しいと頼んだからである。

このように、義理人情に篤い謙信は、周囲から絶大な信頼を得ていた。

謙信の敵でさえ、その男ぶりに惚れていたのである。また、謙信は、小田原城を囲む戦いの時、敵前で悠々と昼食を取ったという逸話も残っている。謙信に気づいた北条方が鉄砲を撃ちかけるも、謙信は動揺せずに、そのままお茶を三杯飲みながら、平然と昼食を続けたのであった。

鶴岡八幡宮で行った就任式で、武将斎藤朝信は、もう一人の謙信の右腕である武将柿崎景家《かきざきかげいえ》と共に太刀持ちの栄誉にあずかった。

尋一は、その晴れ晴れしい姿を目に焼き付けていた。

斎藤の晴れ姿を見ながら、尋一はどこかに迷いも生じていた。川中島の千曲川手前で死を覚悟し、瀕死になっていたところを斎藤に助けてもらった。そのため、尋一は斎藤に付いていくことにした。しかし、再び身体が元気になって来ると、そのまま斎藤に従い行動を共にするべきか、故郷の風魔の里に帰るべきかを悩むのであった。

また、運命の糸が繋がっていれば、必ず杏に会えるという考え方も、本当にそうなのだろうかと、ふと疑問に思う時もあった。

丁度今、自分は鎌倉にいる。少し足を伸ばせば、風魔の里に帰れる。自分はどう生きていけば良いのかと、尋一は迷うのであった。

尋一がどうすれば良いかと頭の中を回転させていた時、小田原城包囲の〝殿《しんがり》〟(軍が退却する時、敵の追撃を防ぐための最後尾の部隊)を務めていた上杉軍の武将、新発田《しばた》の軍勢が合流した。

新発田の軍勢の中に尋一と同年代であろうか、若いながらに一際目立つ武将がいた。その男の名前は、新発田重家《しげいえ》。重家は、尋一より二つ下の十四歳であった(五十公野《いじみの》治長《はるなが》とも言うが重家で名前を統一する)。

尋一は、その凛々しい若武者を眺めていた。

——忘れていたが、今回の戦いは、自分にとっては初陣(初めての戦い)ではないか。初陣を果たしたことで、自分も一人前になった。これをきっかけに自分の中で何かが変わるかもしれない。

そう独り納得する尋一の目の前に、目を疑うような光景が舞い込んできた。

それは、若武者の新発田重家に連れ添い、談笑している、鳶加藤の姿であった。

武田くノ一

「と、鳶加藤だ」

尋一は、尚も自分の目を疑った。あれ程探していた憎き相手が今、自分の目の前にいる。すぐにでも飛びかかって、杏の居場所を聞きたかった。しかし、その行動は、武将斎藤の手によって、抑えられた。

尋常ではない尋一の様子を見た斎藤は、咄嗟《とっさ》に尋一の所に駆け寄り、その衝動的行動を踏みとどまらせたのである。

「同軍同士の喧嘩は、軍律では両方とも死罪である。ここは堪《こら》えよ」

斎藤は、鳶加藤が尋一の探していた人物だということも見抜いていた。

「前にも話したが、縁がある者同士は、どんな障壁があっても必ず結ばれる。行動を焦るな」

隻眼である斎藤は、眼帯の付いていない左目を刃のように鋭くさせ尋一に説いた。

尋一は、頭を拳骨《げんこつ》で思いっきり殴られたようだった。

――一度消えかけた自分の命。斎藤様に救ってもらわなければそのまま死んでいた。その大切な命を一時《いっとき》の感情で失う訳には行かない。

機会は、まだあるはずだ。ここは、斎藤様が言うようにじっと我慢しよう。

尋一は目を閉じ、口をつぐみ、心の中で悲痛な叫びを上げながら、自分で自分を律した。

そして、深呼吸を繰り返し、徐々に落ち着きを取り戻してから斎藤に話しかけた。

「斎藤様、わかりました。鳶加藤の件は、堪えます。実はここに残るか、元にいた集団に戻るか迷っていたのです。私はここに残ることに決めました。ただ、私がここにいることを元にいた所属集団に報告することをお許し下さい」

尋一の真剣な表情を見て、斎藤は、

「そうするが良い」

と一言で返した。


鎌倉から、風魔の里に一度戻った尋一は、四代目頭目を見つけて話をした。

「現在、越後の武将斎藤様の所にいます。私の命を救ってくれた方です。この方に付いて行こうと思っています」

四代目風魔次郎太郎は、

「よし、わかった」

と短く返した。

尋一と頭目との話し合いを見守っていた風魔の上忍たちも、尋一が生きていたことに喜び、「頑張れよ!」と励ましの言葉を送るのであった。

杏の話は尋一もしなかったが、風魔側からも話が出なかった。風魔側では、何か情報を掴んでいたのかもしれないが、尋一に告げない方が良い情報だったのだろうか。

尋一も運命を信じると自分に言い聞かせ、自分で自分を応援するのであった。

——杏とは必ず再会できるであろう。


上杉軍は、関東に攻め入った翌年の一五六一年三月、関東を引きあげた。謙信は、本拠地の春日山城(上越)に引きあげ、斎藤も自分の居城である赤田城に戻った。

風魔の里に立ち寄っていた尋一も遅れて、斎藤の居城である赤田城に戻った。

斎藤に帰還の挨拶をすると、斎藤は喜んで尋一を自分の居室に呼んだ。

「よく戻ってきたな。自分の感情を自分で制することができるようになれば、大人物になる。大人物になれば、必ず自分の望む結果が訪れる。尋一は、よく辛抱している。辛いであろうが、堪えるのだ」

斎藤は熱を込めて語る。

「はい。自分を信じて行動して行きます」

そう応える尋一に、

「一つ、面白い話を聞かせてやろう。昨年、わしが武田信玄の下《もと》に使者に行った時の話だ」

と斎藤は話し始めた。

尋一は、いつも斎藤から運命とか大人物とか抽象的な言葉しか聞くことは無かったため、初めて具体的な教えを頂ける気がした。

「謙信公がお忍びで京に上洛する時、武田信玄の動きを封じ込めることが、わしの使者としての役割であった。謙信公が留守の間、信玄に我が領国を攻めないようにお願いをした。ところが、信玄は、その申し出に答えようとせずに、わしが片目であることと足が不自由であることを指摘し、こう言ってきたのだ。『小兵《こひょう》（背が小さく）で隻眼、足を引きずっているのにお前は禄をもらい過ぎではないか』と。透かさずわしは、信玄に言葉を返してやった。『そちらの武田陣営にも、足が不自由で片目の山本勘助という背の低い名軍師がおられるではないですか？　その方の禄も少ないのでしょうか？』信玄は、『これは一本取られた』とわしに褒美をくれたのだ。そして、謙信公が京に上洛している間は、越後に攻め込まないと確約をしてくれた」

斎藤は、にんまりと顔をほころばせた。

――どこにオチがあるのだろう。斎藤様の自慢話ではないか。

尋一は、洞察力の深い斎藤の話とは思えないという顔をしながら、聞いていた。

「お主は、わしの自慢話と思って聞いているだろう。確かにこれは、とっておきの自慢話だ。しかし、ここからが本題だ。良く聞くが良いぞ」

斎藤は、いつでも心の中を見透かすので、尋一は背筋がヒヤッとする。それから、斎藤は核心を話した。

「わしは信玄との会見のため、信玄の居城、躑躅ヶ崎館《つつじがさきやかた》に行った。その会見の間、わしは武田家の強さの秘密を探るべく、部下たちに信玄の館周辺を内偵させた。それをきっかけにして、その後、何度も武田の内情を調べ上げた。そして、遂にその強さの秘訣を発見したのだ。信玄の強さは、軍師の山本勘助を始め、優れた武将たちにあると思っていた。しかし、それは違った。信玄の本当の強さは、情報収集力にあったのだ。信玄は、〝三ツ者《みつもの》〟と呼ばれる甲州忍者を抱えている。その者たちが諸国から集めた情報を分析し、調略などに用いることで、合戦を有利に進め、常勝軍団を作っていたのだ。また、驚くべきことに、女性だけの甲州忍者集団も存在している。武田くノ一と呼ばれる集団は、巫女《みこ》に扮して、全国各地を遍歴し、ありとあらゆる情報を集めている」

風魔忍者のような軍団が、武田家にもあるのかと驚き、話を聞いていた尋一は、斎藤の次の言葉でさらに驚いた。

「武田くノ一をまとめているのは、望月千代女《ちよじょ》という女頭目だ。そして、さらにくノ一を調べたのだが、どうやらそこに、お前の探している杏が所属しているようなのだ。わしの情報収集能力も凄いであろう！」

「あ、杏が武田くノ一にいるのですか？　鳶加藤と共に越後で暮らしているのかと思っていました」

尋一は、そう斎藤に応えながら考えていた。

――どういうことになっているのだろう。もしかしたら、鳶加藤の支配から脱出できたのだろうか？

尋一は、一筋の光明が差し込んで来たような気持ちになった。

海津城《かいづじょう》

上杉謙信が、関東の北条を攻めていた時、北条の同盟国である武田信玄は、謙信の背後を牽制するため、信濃北部の川中島に城を築いていた。

海津城《かいづじょう》と呼ばれた、この新しい城の城主は武田家武将、春日虎綱《かすがとらつな》であった。

春日虎綱は、高坂昌信《こうさかまさのぶ》あるいは高坂弾正《だんじょう》とも呼ばれ、武田家四天王の一人である。

彼は、小姓の頃から信玄に仕え、二十五歳にして足軽大将に抜擢された。その後、信濃での戦いで活躍し、戦いの前線の城代を務めた。

今回は、さらに対上杉謙信用の最前線である海津城の城主になったのである。

彼の真価は、味方が負けそうになる時、現れた。勝ち戦に逸《はや》る敵を前に味方を無事に逃がすという最後尾の役割、〝殿《しんがり》〟を彼は務めた。

殿は命懸けの役目であり、冷静な判断で、最善の策を用いて動かなければならない。

その殿の役目を果たしていたことから、彼は〝逃げ弾正〟と称された。

因みに武田家の弾正は、あと二人いて、攻め弾正と呼ばれる真田幸綱《さなだゆきつな》と保科正俊《ほしなまさとし》の槍弾正である。


上杉謙信は、この年の三月に北条の小田原城を攻め、帰ってきたばかりであった。

しかし、信玄が信濃において攻勢の動きを強めていることを見て、謙信は同年八月、越後から再び軍を起こした。

上杉軍は、自軍の砦である善光寺《ぜんこうじ》を経由し、川中島の妻女山《さいじょさん》に布陣した。

対する武田軍も謙信来襲の報を聞き、急ぎ川中島に参集した。そして、春日が守る海津城に全軍を入れ、妻女山の上杉軍と対峙した。

上杉軍の兵数は、善光寺に五千、妻女山に一万三千。一方、武田軍は、海津城に二万の軍勢を集めた。

この第四次川中島の戦いは、謙信と信玄にとって一番の激戦になる。

信玄は、軍師の山本勘助の進言を用いて、決戦を挑むことに決めた。越後の龍と甲斐の虎がついに真っ向勝負する時が来た。

尋一は、斎藤に「龍虎の戦いを見てこい」と言われ、急ぎ川中島に向かった。

謙信の右腕の武将斎藤は、越中《えっちゅう》（富山）の抑えとして、越後で留守役を仰せつかっていた。

尋一にとって川中島は、行き倒れになり、斎藤に救われた因縁の場所であった。

八幡原《はちまんばら》の大激戦（川中島の戦い）

武田家の天才軍師である山本勘助は、このような作戦を立てた。

まず、武田軍二万の兵を二手に分け、別動隊を編成する。

この別動隊に妻女山の上杉軍を攻撃させ、逃げる上杉軍を、八幡原に待ち伏せさせた武田本隊と挟撃するという作戦だった。

虫の潜む木を叩き、驚いて飛び出した虫を食らうことから、啄木鳥《きつつき》戦法と名付けられた。

信玄は、この作戦を了承し、実行に移した。

九月九日（旧暦）深夜、春日虎綱（高坂昌信）と馬場信房《ばばのぶふさ》率いる武田家別動隊一万二千の兵は、上杉軍を急襲するために、妻女山へ向かった。

そして、武田信玄率いる八千の本隊が、待ち伏せのため、八幡原に移動し布陣した。

軍師山本勘助は、武田本陣にいながら、確信していた。

「この鶴翼《かくよく》の陣（敵を包み込むため、広く間口を取った布陣）で、上杉軍を殲滅《せんめつ》できる」

川中島に立ち込める深い霧の中、山本勘助は目を閉じてその時を待った。

ところが、軍神と言われた上杉謙信は、武田の動きを全て見通していた。

自軍の一挙手一投足から、敵の細かな変化まで、恐るべき観察眼を持って、いつも謙信は戦いに臨んでいた。

昨日の夕方、海津城の炊煙量が増えている（ご飯を炊き、戦の準備をしている）様子を見た謙信は、武田の来襲を予見して、上杉軍勢に即座に妻女山を降りるように命じた。

そして、信玄本隊の目の前、八幡原に車懸《くるまが》かりの陣を敷き、濃霧が晴れるのを待った。

さらに謙信は、妻女山を降りる時、一切物音を立てないようにと上杉軍勢に厳命した。この天才とも呼べる戦《いくさ》に対する神がかり的な才能が、人々に謙信を軍神と言わしめた。謙信は、直感力に優れていた。


九月十日の早朝、八幡原の深い霧が晴れた瞬間、強大無比《きょうだいむひ》の信玄の顔が曇った。湿地の川中島にいた水鳥が一斉に羽ばたいた。

「何故、今、上杉軍が目の前にいるのだ！」

上杉軍一万三千に対し、武田本隊は、軍を二手に分けたため、八千しかいなかった。また、追撃されて出て来る上杉軍を昼頃、挟撃する手はずであったため、出し抜かれた形になった。武田本隊に動揺が走る。

尋一が龍虎の決戦を見に、八幡原に到着した時、既に両軍の戦いの火蓋は切られていた。敵にも味方にも見つからないように草むらに身を隠す。

「上杉軍と武田軍が死闘を繰り広げている」

今までの小手先の戦いとは全く違う、血で血を洗う戦いの様子を見て、尋一は驚愕した。狂気に満ちた戦人《せんじん》たちが何度槍で刺されようとも這い上がる姿は地獄絵図そのものだった。

この時代、戦国大名は、自軍の兵力が減ることを恐れ、滅多に決戦を挑まなかった。決戦をする時は、本当に追い込まれた時か、確実に勝利する時だけである。

戦国大名は、通常、兵を威力偵察に使い、敵の力を測る。その測った戦力を見比べながら、調略などを用いて、自分の勢力を拡大させて来たのであった。

尋一は〝草葉隠れ〟の忍術を使い、川中島の草むらに身を潜ませて、戦況を見守っていた。その時、以前、鎌倉で見た上杉軍武将、新発田重家の姿を見つけた。

槍と槍、刀と刀がぶつかり、カチャン、カチンと乾いた音が鳴る。刃の先端は鋭く、刃先はお互い相手に向いている。兵たちは切り込む手元を狂わせないように必死に動いている。

「我こそは、新発田重家である。そちらは、武田信繁《のぶしげ》（信玄の弟）の傅役《もりやく》、室住虎光《もろずみとらみつ》殿とお見受け致す。いざ、尋常に勝負せよ！」

弱冠十五歳の重家は、堂々と戦場を駆け回っていた。

その言葉に応えて、八十一歳の老将室住が重家に一騎打ちを挑んだ。鎧の上に、身体に馴染んだ陣羽織を纏っている。幾多の戦場で着古した貫禄が漂う。

「若造が、小癪《こしゃく》な。その首を洗って待っておれ」

互いに睨み合い、沈黙の後、槍がカンカンと激しくぶつかり合う音が鳴り響いた。勇み、前に進んだ室住は、数回槍を合わした後、一瞬で重家に討ち取られた。

「信玄公弟の傅役、室住虎光を討ち取った！」

その時、信玄の弟、武田信繁は既に討ち死にしていた。室住は、自分が教育した武田軍副将の武田信繁が戦死したことに憤慨し、

「自分も死出の旅にお供します」

と、僅かな手勢で上杉軍に突撃していたのである。

緒戦から動揺が走る武田陣営に、副将信繁と老将室住の死で、さらに波紋が広がった。

重家の側には、あの鳶加藤も忍刀を使い、付き従っていた。刀に資質を認められたかのように、鳶加藤と忍刀は一体化している。

「ああ、鳶加藤。杏をどこへやったのか？」

尋一は、彼の活躍を見ながら、憤る。

午前中、謙信の奇襲が成功し、八千の武田本隊は、錯乱《さくらん》状態であった。

謙信は、右腕の猛将、柿崎景家を先鋒とし、車懸かりの陣でさらに波状攻撃を仕掛ける。

「信玄公御舎弟《ごしゃてい》、武田信繁様。壮絶な最期を遂げられました！　ご無念！」

「室住虎光様に続き、初鹿野忠次《はじかのただつぐ》様もお討ち死に！」

信玄の元に次々と悲報が届く。

「これは、私の作戦の失敗。かくなる上は、私も出陣します！」

信玄の横に控えていた武田家軍師の山本勘助は、静止の指示にも従わず、馬に乗り荒れ狂う戦場に飛び込んだ。

「勘助！　待つのだ」

信玄の声は、戦場の軍馬の嘶《いなな》きの前にかき消された。

黒色の甲冑を着た上杉軍の槍隊が、武田本隊へさらに迫ってきた。両側から、茶色や黒色の騎馬に乗った上杉軍の騎馬隊が襲い掛かる。信玄の本陣、目の前にまで、〝竹に雀〟の上杉の家紋を付けた旗が押し寄せて来た。黒地に白い文字で書かれた〝毘〟（毘沙門天《びしゃもんてん》の意）の旗も迫り来る。

赤備えの甲冑を着ている武田軍の鉄砲隊や騎馬隊の数は、見る見るうちに減っていった。菱形を四つ重ねた〝武田菱〟の赤い旗もその数を減らしていた。

焦りながら信玄は、尚も本陣中央で床几に座っていた。焦りで震える右手には、〝風林火山《ふうりんかざん》〟と書かれた黒い軍配を持つ。

身体には、赤い甲冑を纏《まと》い、両立ての金色の角が付いている〝諏訪法性兜《すわほっしょうかぶと》〟をかぶっている。この兜は、頭頂部から、白色のヤク（ウシ科）の毛があしらわれていた。前立てには赤い鬼の顔が描かれている。

信玄は軍神が祀られている諏訪大社の加護に預かろうと、戦いの時には、この兜を諏訪大社から拝借していた。

「動かざること山の如し」

次々と武田家の重臣が討ち取られていく中、信玄は、その床几から一歩も動かなかった。妻女山に移動した別動隊一万二千が帰って来るのを身じろぎ一つせず、どっしりと待ち構えていたのであった。

口元を一文字に結んだ信玄の顔髭だけが、風に揺れて靡《なび》いていた。爽籟《そうらい》が川中島の戦場を駆け巡る。

謙信対信玄の一騎打ち

「そこにいるのは、信玄か！」

白馬に乗った上杉謙信が、武田本陣中央に座る武田信玄に向かって一喝した。

「如何《いか》にも。わしが、武田信玄である！」

そう応えた床几に座る信玄に向かって、馬上から謙信が信玄目掛けて鋭い太刀を浴びせた。信玄は、咄嗟《とっさ》に右手の軍配でその太刀を防ぐ。

「信玄。その命、頂戴致す！」

「お前にそれができるかな」

追い詰められた信玄は、尚も太刀を抜こうともしない。悠然と床几の上に跨《また》がり、右手に軍配を握っていた（実際は、謙信が太刀を抜く暇を与えなかったのである）。

正午に向けて、高くなって来た太陽が、銀色の謙信の甲冑を照らす。謙信は、頭には白頭巾をかぶっていた。

「信玄、覚悟！」

そう言い放ち、謙信は、信玄に太刀をさらに二回浴びせた。

信玄は、今度は、ずんと立ち上がり軍配で太刀を受けた。

その時、信玄の横から、信玄家来の中間頭《ちゅうげんがしら》、原虎吉《はらとらよし》が謙信の騎乗している愛馬、放生月毛《ほうしょうつきげ》に槍を当てた。

驚いた謙信の愛馬は、頭を上げ暴れ出す。謙信は信玄を討つことを諦め、鋭い眼光を向け、悔しそうな表情を浮かべながら、自分の軍勢の中に戻っていった。

信玄が自身の持つ軍配を見ると三太刀浴びただけなのに、刀の傷跡が七つもあった。

尋一は、この討ち合いを武田本陣の陣幕に隠れて、息を潜めて見ていた。川中島の戦場を足音も立てずに見聞する。抜き足、差し足、忍び足である。特に敵本陣近くでは、かがんだ体勢で手のひらを地面に付け、両手の上に足を乗せて手ごと動いて進む深草兎歩《しんそうとほ》で移動した。

謙信に出し抜かれて、もぬけの殻となった妻女山の上杉軍に攻め込んだ春日虎綱ら一万二千の武田別動隊は、昼前（午前十時頃）、ようやく八幡原の武田本隊に合流した。この別動隊の到着によって、今度は上杉軍が挟撃される番となった。

戦況は、一気に逆転した。形勢不利になった上杉軍は、犀川を渡河《とか》し、味方のいる善光寺まで後退した。

追撃する武田軍も午後四時に八幡原から兵を引き、この一大決戦は終わる。

その後、謙信は、善光寺にいた五千の兵と共に領国越後に引き返した。

この戦いの上杉軍の死者は、三千。武田軍の死者は四千であった。草むらには防具をつけたままの死体が耐え忍ぶように遺《のこ》っていた。

武田軍は、信玄の弟を始め、多くの重臣そして、軍師山本勘助も失った。

局地的な戦いでは、謙信の勝利であり、川中島を死守したという点では、信玄の勝利であった。

謙信は、戦術的には優れた力を持っているが、戦略という大局的な考え方は、信玄の方が上回っていた。

尋一は何千もの死体がころがる側で、まだ生きている者もいるのであろうか、低くかすれたうめき声を聞く。槍がぶつかり合う音も無くなった血で染まる川中島を見渡しながら、大戦闘の恐ろしさを知った。足を動かそうとしても、動かすことができなかった。目だけを上下左右に動かせた。

その時、武田軍の中に白馬に跨り、頭に白い鉢巻きを締めている女武者の集団を見つけた。彼女たちは、猛者たちが集まる戦場で、異彩を放つ存在であった。

それは、白馬に跨る武田くノ一集団の姿である。

そして、その一団の中にあの見覚えのある顔を発見する。

そこには、尋一が最も愛した女性、杏がいた。

尋一は何年間も杏を探し続け、杏の姿を見るという光景を夢にまで見ていた。

「あれは、杏に違いない。生きていたのか。おーい。杏、杏!」

尋一は、心の中で叫んだ。武田方にとって尋一は、敵である上杉側であった。

躑躅ヶ崎館《つつじがさきやかた》

武田家の本拠地、躑躅ヶ崎館。

甲府盆地の北端にあり、東西を川に囲まれた扇状地に位置している。背には詰城（敵に攻め込まれた時、籠城するための城）である要害山城《ようがいやま》がある。

館と呼ばれる理由は、京の将軍邸のような優雅な造りで、他の戦国大名が造った堅牢な城とは違うものであったからである。

武田信玄の名言に、「人は城、人は石垣、人は堀」という言葉がある。これは、立派な城を造るより人材を強化した方が良いという信玄の考えであり、その言葉通り信玄は生涯、大きな城を造らなかった。

その躑躅ヶ崎館の〝くノ一養成所〟で、北信濃、川中島の戦いから帰ってきたばかりの女忍者頭目、望月千代女と椎名杏が話していた。

「お館様は、戦いの帰りに隠し湯に寄って、戦場で受けた傷を癒しています。先の戦いは、大変な戦いでしたね」

武田くノ一頭目の望月が杏に話しかけた。

「本当に大変な戦いでした。信玄公と謙信が一騎打ちをしたとは驚きです。弟君《おとうとぎみ》の信繁様や軍師の勘助様、多くの重要な方々を亡くしました」

二年前の六月に、この武田館《やかた》に来た杏は望月に応えた。

「それにしても、杏には驚いたわ。貴方が、『二歳の娘を養成所に預けて戦いに行きたい』と言った時は」

「いつも我がままばかりを言って申し訳ありません。望月様に助けて頂いた御恩に報いたくて」

杏が二年前の六月に、このくノ一養成所に来た時、お腹には子が宿っていた。

その年の九月、ここ躑躅ヶ崎館でその子を産んだ。

杏は、三年前の十一月末に鳶加藤によってさらわれ、風間村を出た。

それから、小田原の港で、日本海の秋田に向けて航行する北国船に乗った。

北国船は、銚子、那珂湊《なかみなと》、さらに北の石巻、八戸の港に立ち寄り、秋田に着いた。

乗船している杏と鳶加藤の姿は、さらわれたというより、仲が良い二人が旅に出ているようにも見えた。

船上から見える大海を背に、鳶加藤は杏に自分の夢を語った。

「俺は、この航路全ての領地を支配する大名にのし上がる」

立ち寄る港で様々な珍しいものを発見し、高揚していた杏は、その夢に酔いしれた。

今まで、山の景色しか見たことがなかった杏は、潮の香や海岸線の景色、活気のある港町に魅せられた。

鳶加藤は、常陸《ひたち》（茨城）の出身で、幼少の頃、商人であった両親に連れられて、何度か那珂湊から船に乗った。

幼少ながらに、大海原を見ていると、自分がどんどん成長していくのではないかと鳶加藤は思っていた。

鳶加藤とは、鳶のようにあちこちに移動する能力があるという意味で付けられたあだ名である。本名は、加藤段蔵《だんぞう》と言う。

風間村の孤児の館に連れられて来た他の者たちと同じで、加藤も幼い時に両親がいなくなり孤児になった。

商人だった父親は、段蔵が八歳の時、不慮の事故で亡くなった。残された母親と段蔵は、大黒柱を無くし、生活に困窮した。

九歳の時、母親も病気で亡くなってしまう。収入が無いため、借家も追い出され、住むところが無くなった段蔵は、途方に暮れていた。その時に段蔵は、四代目風魔次郎太郎に拾われたのである。

小田原から北国船に乗り、秋田に着いた加藤と杏は、そこで船を乗り換え、秋田の南側にある酒田を経由して、新潟の港で降りた。

「ここで俺は、仕官先を見つける。越後の上杉謙信様は、これから一番伸びる大名だ。そこで軍功を上げ、武将になる。それから、独立して東日本の港を全て支配する大名になるのだ。ワハハハ」

新潟の港に降りながら、加藤は杏に大言壮語を吐いた。

その後、加藤は新発田という武将への仕官が決まった。

加藤の主《あるじ》は、新発田家当主の次男、新発田重家である。重家は、小田原城攻めや川中島の戦いで、華々しく活躍し、その名を轟かせていた。

重家の父親は、第四回川中島の戦いの頃に亡くなる。新発田家は、重家の兄が跡を継いだ。

兄が家督を継いだ時、重家は十五歳という若さだった。

加藤は、重家と年が近く六つ上の二十一歳である。

重家にとって、加藤は、もう一人の兄のような存在だったのだろう。加藤は、重家に気に入られ、いつも側にいた。

重家は、加藤を足軽ではなく、下級武士として雇った。

足軽の年収は、一貫五百文（約二十万円）だったが、下級武士は、五十貫（七百五十万円）も貰えた。

そのお金で、加藤と杏は、新発田氏の拠点である新発田城の城下町で暮らした。

二人が越後で暮らすようになってから、半年が経った六月、牡丹に蝶が舞う初夏の季節になる。

牡丹は富貴の花、貴人の花として知られている。そのピンク色の八重牡丹は、大輪の花を咲かせていた。

鳶加藤は、新発田重家の覚えめでたく、益々、重用された。

冬の雪国の生活を過ごし終えた杏は、その様子を微笑みながら見ていた。

ある日の晩、新発田城下にある鳶加藤の屋敷の外で、杏は夜空を見ていた。

水面に浮く葉の上にいる蛙の鳴き声が、ジリジリジリと聞こえる。

――自分の選択は間違っていない。加藤は、知らない人ともすぐ打ち解ける能力があり、実際、新しく仕官した新発田家でも重用されている。加藤と共に世界を切り拓いていく程、スリリングな世界はない。

自分に言い聞かせるように、杏はぼんやりと映る遠くの山を見ながら、独り考えていた。その日の夜は、月が出ていない〝星月夜《ほしづきよ》〟だった。無数の星が砂金のごとく光り輝いている。

杏が遠くの山を見て考えていた時、お腹が張り、腹痛に襲われた。

――最近、よくお腹が張るけれど、慣れない北国で生活しているからだわ。六月とは言え、この寒い地域の気候のせいで身体が冷えているのかもしれない。

杏は前屈《まえかが》みになり、お腹をさすっていると、お腹の違和感は、確信に変わった。

――まさか。お腹に赤ちゃんがいるのでは？

お腹がポコポコする。

杏のお腹に胎動が感じられた。

杏は慌てふためき、混乱した。先程まで、鳶加藤と共に歩むと思っていた人生のプランに対して、急に自信が無くなって来た。お腹に宿った命の重みで、自分の行為が浅はかだったかもしれないという自責の念が頭をもたげて来たのだ。

――私は、本当に加藤と共に人生を歩みたいの？　突発的に、ここ越後まで来て暮らしているけれど、本当にこの道が正しいのだろうか？

杏の脳裏には、風魔の里に残してきた尋一の顔が浮かんでいた。急に私がいなくなって、彼はどんな思いだっただろう。

杏は、そう思い、再び夜空を見た。

満天の星空の中に、一際輝く星が光っていた。

その星は、杏がここしばらく忘れていた、杏の大好きな〝北極星〟だった。

——あの星は、北極星。私が尋一と話した夜、北極星が私に向かって光っていると話した。

そして、北極星は、私に前に進めと呼びかけていた。

忘れていた杏の記憶が急に蘇ってきた。

——私は、ここにいてはいけない。風魔の里に戻らなくては。

そう思った杏は、一度家の中に入り、非常食である干飯《ほしいい》と焼味噌、梅干しを兵糧袋に入れた。

用意した食料は、三日分の量だった。普段から、いつ合戦が起きても良いように、各家には、数日分の非常食が用意されていた。

さらに着替えを何枚か別の袋に入れ、壺の中に入れておいた銭も全部取り出した。

そして、それらを持って、厩舎から馬を出した。

杏は夜にも拘わらず家を飛び出し、南の野原に向かって馬を急がせた。

何も知らない鳶加藤は、ズーズーズーといびきを立てながら、家の中で眠っている。

杏が壺から出した銭は、全部で五百文だった。


真北にある北極星を背に、杏は南に進む。

——風魔の里に戻って、尋一に謝らなければ。

杏は一晩中馬に乗り、次の日も、日が昇り、日が沈むまで騎乗した。

尋一と違い杏は、山に出くわすと山に沿って、平地を移動した。

そのため、南に進んでいるつもりが、南西の方向に進んでいた。

昼は、持ってきた非常食を食べたり、十文払い昼飯を食べたりした。

夜は、二十四文支払い、一泊二食付きの宿に泊まった。

杏は、三条、長岡を越え、信濃川に沿って南に進んだ。物資の流通の要地であるそれらの町は、たくさんの人たちが行き交っていた。

新発田を出て八十キロ進んだ所、妙見《みょうけん》で、行き止まりになった。

南には山がそびえ立ち、西には、向こう岸が見えない程の大きい信濃川が立ちふさがっていたのである。

――途中の阿賀野川《あがの》では、渡しの船があり、五文を払って、渡ることができた。ここには、渡しの船はいない。仕方がない。南の山を越えよう。

杏は、そう思い、馬に乗りながら南の山を登り始めた。その時、突然、馬が暴れだした。馬は北に向かって逃走し、杏は地面に振り落とされた。

「イタ、タ、タ」と、杏はうめき声を上げた。足をくじいてしまったらしく、歩けない。ため息をつきながら杏はつぶやいた。

「辺りには人もいないし、どうしよう」

昼下がりの曇り空の下、杏は途方に暮れた。

小高い丘のその場所から、振り返ると南北に延びる信濃川と長岡の町が見渡せた。平野に広がる田畑も見えた。その反対側には、美しい立ち姿で、ブナ林がすらりと伸びている。下草のないその林には、光がうっすらと届いていた。

しかし、助けを呼ぶにも人が通っている気配すらなかった。

杏がそこに四時間程立ち往生していると、丘の下を通る数人の集団を見つけた。

その集団は皆、馬に乗っている。

――どうしようか？　声をかけようか？　それとも野盗の集団だったらどうしよう。でも、これを逃したら、次に通る人はいないかもしれない。

杏は迷ったが、その馬に乗っている人たちが全員女性であることに気づき、大きな声でその集団に声をかけた。

「そこの方々！　どうかお助けを！」

幸運なことに、数人の馬に乗った女性集団は、その声に気づいた。

先頭を走っていた女性が後ろに続く者たちに、進む方向を変える指示をした。

杏が倒れている場所まで、その一団が山を登って来ると、先頭の女性が杏に声をかけた。

「大丈夫ですか？　助けが必要ですか？」

「馬から落ちて、足をくじいてしまったようで、歩けないのです。助けて頂けますか？」

馬を降りて来た女性に、杏は答えた。

その女性は、紺色に染められた農作業服を着ていた。その姿を見て杏は、咄嗟《とっさ》に思った。

――あの方たちは、忍者かもしれない。

しかし、助けてもらうために、人を選んでいる場合ではなかった。グズグズしていると、日も暮れてしまう。

杏は、そのまま女忍者集団に助けられた。

先頭のリーダーらしき女性の馬に乗り、自分の手をリーダーの腰に回し、馬から振り落とされないようにした。

――温かい。何故か安心する。安心するのは、この女性の匂いのせいかしら。以前から杏は、人の匂いで、その相手が自分にとって敵なのか、味方なのか嗅ぎ分ける能力があるような気がしていた。

尋一に対しても、鳶加藤に対しても匂いを嗅ぎ、「この人は自分の敵ではない」と感じたから行動を共にして来たのである。

馬の集団は、信濃川と山に挟まれた川沿いの細い道を進み、南下した。途中、信濃川に停泊させてあった小型の船に乗り、川を横断した。そこから百キロ南に進み、三日後に一団は川中島に着いた。さらにそこから百二十キロ南に進み、一団の最終目的地である武田の本拠地、躑躅ヶ崎館に着いた。

移動の途中、女忍者の頭目は、自分の後ろに乗っている杏に、顔を振り向かせて話しかけた。

「どこに行こうとしているかわからないけれど、その足では、しばらく移動できないと思うよ。少しの間、私たちの館で過ごすといいわ」

女頭目、望月千代女も杏の身体の匂いで、相手が敵ではないことを感じていた。

そのようにして、杏は古府中の武田館の中にある〝くノ一養成所〟で暮らすことになった。

それから三ヶ月後の九月に杏は、無事女の子を産み、その子を椎名純蓮《すみれ》と名付けた。

母子共に助けられた恩と子供が生まれたばかりであったため、杏はそのまま養成所の宿舎で暮らすことにした。

望月千代女は、杏の素性も聞くこともなく、いつも杏に対して優しかった。

敵の忍び

一五六一年十月、激戦の第四回川中島の戦いから一ヶ月が過ぎた。

信玄を始めとする武田の兵たちも、隠し湯で傷を癒し、武田本拠の躑躅ヶ崎館に戻って来た。

躑躅ヶ崎館の中にある〝くノ一養成所〟で、杏は二歳になった娘の純蓮と共に穏やかに暮らしている。

武田くノ一たちは、杏と純蓮に親切だった。

午前に忍びの訓練をした杏は、純蓮に山菜を刻んで混ぜた握り飯を与え、むつき（布オムツ）を替えて、お昼寝をさせた。純蓮を寝かしつける時、杏は午前中にあったことを話し、子守唄を歌った。その様子を見た、午後も訓練をしているくノ一のメンバーたちも掛け声を小さくする。純蓮は、心が落ち着いたのか、自然に眠りについた。

杏は自分の食事をしながら、純蓮のスヤスヤ眠る顔を見て、ホッとしていた。

――純蓮の寝顔につられて、私も眠くなってきた。こんな平和な日々が送れるなんて、ここ武田の館にいる私は、幸せ者だわ。

杏は純蓮の横で、そのまま添い寝した。

夕方、純蓮の泣き声で杏は起きた。

――純蓮と一緒に寝てしまった。今日は、望月様と夜にお話しする予定だ。純蓮に夕食をあげたら、望月様のお部屋に行かなきゃ。

ご飯と味噌汁、温めた野菜に川魚の塩焼きを用意し、杏は純蓮と一緒に夕食を食べた。純蓮には、ご飯を柔らかくしてあげた。

――ああ。美味しかった。純蓮を預けて、望月千代女様の所に行こうっと。今日は、どんなお話が聞けるかな？

杏は、くノ一頭目の望月千代女と月に一回面談する機会を楽しみにしていた。

千代女は、女忍者の頭目として、自分の部下たちを一人一人呼んでは、悩みを聞いたり、世の中の情勢を教えたりした。この夜の面談は毎日行われ、今日は、杏の面談の日だった。

「望月様、今晩は。お邪魔致します」

杏は、はつらつとした声で千代女に挨拶をした。

「杏ちゃん！　元気にしていますか？　純蓮ちゃんも元気？」

千代女は、いつも相手を気遣って温かい言葉をかけてくれる。

「おかげさまで、純蓮もすくすくと育っています。毎日、寝る所があり、ご飯が食べられて幸せです。アハハ」

「いえいえ。そんなことは、気にしなくて良いのよ。二人の元気な姿を見られるだけで、私も幸せだから。ウフフ」

今日も二人の間に、笑みがこぼれる。

「今日は、杏ちゃんに先日起きた武田の館での話をするね」

「わかりました。どんなことが起きたのですか？」

「先日の話だけど、ここ武田の館、躑躅ヶ崎館に敵の忍びが入ってきたのよ。その忍びは、お館様（信玄）が今川氏真《うじざね》様（義元の子、現今川当主）から借りて秘蔵していた『古今和歌集』を盗み出したの。武田と同盟の今川との仲を裂くために。もちろん、その敵の忍びは、甲州（武田）忍者によって、捕らえられたけれど」

この館にも敵の忍者が忍び込んでいたなんて怖いと思いながら、杏は千代女の話の続きを聞いた。

「その忍者は、どこから来たと思う？　敵だから、上杉からだと思うよね。そうしたら、その忍びは、こう言ったの。『拙者は、小田原の風魔の弟子である』と。北条は、味方なのに奇怪《おか》しいと思わない？」

「確かに。武田の敵は、上杉で、北条は同盟国ですよね」

杏は平然を装いながら、千代女の話に合わせて相槌を打った。

――風魔の弟子といったら、私がいた風間村出身の忍者じゃない。まさか、私が知っている人かしら。

「話の続きを言っても良いかしら？」

千代女は、杏に確認を求めた。

「もちろんです。その忍びはどうなったのですか？」

杏が聞き返すと、

「その忍びは白状したの。〝敵である信玄公を亡き者にしようとしたが、失敗した。そこで、今川から借りている『古今和歌集』を盗んで、両国の仲を裂こうとした〟と。そして、甲州忍者によって討ち取られたの」

千代女は、下を向きながら暗い声で話した。

――忍びは、殺されてしまったのか。ますます私の知っている人でないといいけれど。

杏は話を聞きながら、不安を感じていた。

不安を感じながら、杏は千代女に聞き返す。

「その忍びは、本当に風魔の忍びだったのですか？」

「それがどうも、風魔の忍びではなく、上杉の忍びだったようなの。これも武田と北条の仲を裂くための策だったのかもしれない」

千代女は、上杉の忍びが本当に風魔出身であったことを知らなかったようだ。

――風魔出身で上杉の忍びって、もしかして……

杏は自分の不安が的中しないことを祈りながら、千代女に聞き返した。

「その忍びの名前を知っていますか？」

「えっと。確か……鳶加藤とか言う新発田家に仕えていた忍者だったとか。何でも彼は、〝牛を呑む〟ことができる幻術を使っていたみたい」

千代女の発言した〝鳶加藤〟と〝牛を呑む〟幻術使いという言葉から、杏はその忍者が、二年半前に越後で一緒に住んでいた鳶加藤だと理解した。

鳶加藤は、新発田家に仕官する時、牛を一呑みにして、当時の当主次男の新発田重家の興味を湧かせたのである。

その幻術のせいもあって、どこの誰かもわからない加藤を新発田家は採用した。

その時、杏は側で鳶加藤を見ていた。本当は、牛を呑んでいるのではなく、牛の背に乗って着物を拡げて、牛を隠しているだけという〝からくり〟を知っていた。しかし、当然のことだが杏は、その〝からくり〟をその場では明かさなかった。

――加藤の人生は、何だったのだろう？　大きな夢を持ち、段階を踏み、着実に夢に近づいていていた。しかし、あまりにも急ぎ過ぎていたのかもしれない。

杏は、動揺を悟られないように、加藤と歩んでいた日々を回顧した。

そして、うつむきながら千代女の部屋を後にした。

再会

一方の尋一は、越後上杉謙信の武将、斎藤朝信と居城の赤田城で話をしていた。

「先の川中島の戦いは、物凄かったです。正に〝龍虎の戦い〟でした。あれ程、激しい戦いを見たことがありません」

尋一は、川中島で見てきたことを、越後で留守役を務めていた斎藤に伝えた。

「わしもその戦《いくさ》に参加したかった。しかし、越中からの守りを仰せつかり、戦場に行くことはできなかった。せめて、その様子を知りたいと思って、お前をそこに遣わしたのだ。本当に激戦だったようだのう。尋一が見た戦いの様子を教えてくれ」

斎藤は隻眼の片目を細めながら、尋一が見た戦いの様子をしばらく聞いていた。

戦いの結末を聞いた斎藤は、思いついたように別の話をした。

「今日、お前をここに呼んだのは、川中島の戦いの様子を聞くためだけなのではない。驚くべき情報を知らせようと思ったのだ。味方にとっては悲報だが、お前にとっては、どうだろうか？　その驚くべき情報とは、お前の許嫁を奪った鳶加藤が、武田の館に忍び込んで、甲州忍者に討ち取られたということなのだ」

「ええっ！　鳶加藤が討ち取られたのですか？　自分より四つ年上だから、まだ二十一歳なのに」

驚きながら聞く尋一は、また別のことを考えていた。

——杏は武田の館のくノ一養成所にいると斎藤様が言っていた。だから、杏は鳶加藤とは一緒にいないはずだが。杏は無事なのだろうか？

そう思うと、いても立ってもいられなくなり、斎藤に「杏を探しに武田の館に行きます」と伝えた。

斎藤は、突然の申し出に驚いたが、時間をおいてゆっくりと考えた。

「よし。武田の館に行って杏に会ってこい。くれぐれも甲州忍者には注意しろよ」

斎藤の許可をもらい、尋一は甲斐の武田の館に急ぎ向かった。

――杏、杏はどうしているのだろう。鳶加藤が亡くなったことは知っているのだろうか？


赤田城から古府中まで二百キロの距離を尋一は、馬で駆けた。十月の秋の太陽が山の端を照らす中、五日で移動した。

古府中の躑躅ヶ崎館に着いた尋一は、杏の居場所を探した。事前に斎藤からくノ一養成所の在処《ありか》を聞いていていたため、すぐにその場所がわかった。

「ここだ！　ここに杏はいるんだ」

尋一は、約三年ぶりに杏と会うことになる。

今まで鳶加藤に詰め寄るのも、杏に会うのも我慢してきた。

斎藤が言う、「運命の糸が繋がっていれば、必ず再会できる」という言葉を信じて来た。

目の前の仕事に意識を集中させ、意図的に忘れるように努めてきたのかもしれない。

杏はどうやって鳶加藤と離れたか、わからないが鳶加藤の元からいなくなったようだ。

杏が武田の館に住んでいることは、斎藤に教えてもらい知っていた。

しかし、会おうという気持ちは、湧いてこなかった。会いたいという気持ちを心の奥底にしまい込み過ぎたために、その想いが心の中で凍結していたのだろうか？

鳶加藤の死をきっかけにその想いが解けていき、行動に移された。

今まさに、これから尋一の想い人、杏と会うことになるのである。

もちろん杏は尋一が訪ねて来ることは知らない。その突然の訪問を杏は、どう受け止めるだろうか？


くノ一養成所は、躑躅ヶ崎館の北東にある。養成所を囲む木々の葉は黄色く色づいていた。正面入り口には、門柱《もんちゅう》に閂《かんぬき》をかけた冠木門《かぶきもん》がある。周りは板塀で囲まれていた。板塀の外には、ある程度の高さまで雑草が生え、蜂が飛んでいる。黄色い花を咲かせた菊も見えた。

尋一は、正面入り口を避け、西側の塀から侵入した。

中に入った尋一は、幾つかのヒノキ造りの建物を見つけた。

水車小屋の横には、茅葺屋根の穀倉がある。他には、窪地を渡る吊り橋や六角の形をしたお堂、手裏剣の訓練をするための横長の建物があった。

バランスを取る練習をするためだろうか、一本渡りのピンと張った綱もある。ここで武田くノ一は日々鍛錬しているのだろう。

木の上に作られた見張り台には、見張りの者もいた。

見つけられないように尋一は、〝木の葉隠れの術〟を使い、一番大きな屋敷の裏に隠れている。

しばらくじっと待っていると、外に作られた厠《かわや》（トイレ）に行くために杏が一人で屋敷から出て来た。

尋一は、地面に落ちている小枝を拾い、杏の背中に目掛けて投げた。

「イテテ。何か背中に当たった。くノ一の誰かが、いたずらでもしたのかな？　後ろからの攻撃を除けられないなんて、私も未熟ね」

杏は舌を出しながら、一本取られたという顔をした。

「杏。俺だ！　尋一だ！」

尋一は、杏に呼びかけた。

「尋一？　貴方どうやって、ここがわかったの？　くノ一に見つかったら捕まるよ！　とりあえず、一緒に厠に入ろう」

声がする方へ振り返ると、以前より細くなった尋一がいた。何が起きているか戸惑ったが、すぐに尋一を招き入れた。

二人は厠に入り、三年ぶりに対面した。

とてもロマンチックとは言えないシチュエーションである。

「三年ぶりの再会が、厠の中なんて！　最低！　アハハ。尋一、風魔の里から来たの？」

「違うよ。今は、上杉家の武将の所にいる。それはそうと、一体どうやって、武田の館にいることになったんだ？」

「ここは、臭いからあまり長い話はできない。それに厠に行っただけの私の帰りが遅いと仲間が心配するから、話を短くして。何をするためにここに来たの？」

狭く臭いが立ち込める厠の中で二人は、ぎゅうぎゅうになりながら話をしていた。

「ここに来た理由は、杏を迎えに来たんだ！　ここを出て一緒に暮らそう！」

「尋一は、いつも自分の気持ちばかり伝えて来る。私はここの暮らしは気に入っているし、一緒に行くことはできない。それに……」

「気持ちを伝えなければ、わからないだろ！　それに、何？」

「わ、私、娘がいるの。だから、尋一の所へは行けない」

杏はそう言うと、厠の出口を見ながら、会話を早く終わらせるよう尋一に目配せをした。

――夜空の北極星を見て、尋一の元に戻らなければと思い、加藤の下《もと》を飛び出した。道中、ケガをしたため、武田くノ一に助けてもらい、この躑躅ヶ崎館に今はいる。

尋一が目の前に迎えに来ているというのに、杏はその申し出を断った。

加藤の下《もと》を飛び出してから二年四ヶ月という時間や娘を産んだことで、杏の気持ちは変わってしまったのであろうか。


「ごめんね。今は娘のことしか考えられない。尋一のことは、応援しているから。広い心を持った愛情深い人になってね。子育てが落ち着いて、尋一がそういう人になっていたら、その時は考えるから。ここ臭いから、もう出ましょう。アハハ」

「わかったよ！　杏に認められるように広い心を持ち、愛情深い人になるよう頑張る！　そういう人になったら、一緒になってくれ。また迎えに来る！」

「あ、これあげる。私が使っている忍者頭巾。私が後ろ側に、北斗七星の刺繍をしたの。北極星が私だから、尋一は北極星の側にある北斗七星よ。元気でね！」

杏は、周りに人がいないか確認しながら、尋一を厠から出した。そして、人がいない方に導き、尋一の後ろ姿を見送った。

風魔上忍

甲斐の武田の館を出た尋一は、その足で足柄の風魔の里に立ち寄った。

風魔の里を飛び出してから、帰るのはこれで二度目になる。

突然訪れた尋一に対して、四代目風魔次郎太郎以下、上忍九人は、いつも寛容だった。

尋一は四代目の館の中に入り、四代目と二人きりで対面した。

「お久しぶりです！　頭目」

杏に振られた尋一は、その痛手を振り払うように元気な声で四代目に挨拶をした。

「達者で何よりだ！　先日の武田と上杉の対決は、熾烈を極めた戦いだったようだな。

尋一が無事で良かった。今日はどこかに寄った帰りかな？」

四十一歳になった四代目は、顔をほころばせながら尋一に応えた。

「流石、頭目。何でもお見通しですね。実は、杏の所に寄ってきたのです。今、杏は武田の館にいます。それと、上杉の所にいた鳶加藤が武田の忍者に討ち取られたそうです」

「杏が武田にいたのか！　ここを抜け出した鳶加藤も上杉にいて、討ち取られたのだって？」

四代目は、驚いた顔をしながら、尋一の知らせに激しく同意した。

四代目は、それらの情報を既に知っていたのだが、わざと知らない振りをしていた。良くその情報を集めて来たなと尋一を褒めて、尋一の面子《めんつ》を立てたのである。四代目の驚いた様子を見て、尋一は誇らしげな顔をしていた。

尋一と、ひとしきり話すと四代目は、風魔の上忍九人を四代目の館に呼び、その場に同座させた。

皆が揃ったところで、四代目は意を決したような面持ちで、尋一と九人の上忍に穏やかな声で話し始めた。

「丁度良い機会だ。尋一とここにいる上忍たちに伝えたいことがある。それは、わしの跡を継ぐ風魔五代目のことだ。風魔は代々、頭目を置き、わしで四代目だ。わしも三代目から指名されて頭目に就任した。これは、風魔に受け継がれてきた掟だ。前の頭目が次の頭目を指名するということだ。わしは尋一を五代目にしようと思う。今は風魔の里を離れているが、継ぐ時はここに戻るようにさせる。尋一は猪突猛進なところがあるが、人から好かれる才能がある。また、経験を積んで行けば、人望も備わり、集団を率いて物事を成就させる能力もあると思っている。まだ、すぐではないが、いずれの話だ。者どもこれで良いか？　臨太郎、兵衛、闘次郎、者太郎、皆衛門、陣太郎、列衛門、在次郎、前衛門。意見はあるか？」

四代目風魔次郎太郎は、九人の上忍一人一人の名前を呼んだ。

それを聞いた上忍たちは声を揃えて、

「仰せのままに」

と落ち着いた低い声で答えた。

「尋一、皆も賛同してくれている。わしが引退する時は、お前が五代目になるのだぞ。それまでに、全ての人を平等に愛する〝博愛の精神〟を学んでおけよ。鳶加藤もここを抜け出したが、わしは、それでも彼のことが愛おしかった。尋一、気配り上手で、皆の望みを叶えるために努力し、皆の側に寄り添える人物になるのだぞ。杏のことも同じだ。損得を考えずに、ただ相手が愛おしいという気持ちだけで行動し、それを伝えるのだ。人に親切にしても、その見返りを求めるのでないぞ」

「了解しました。時が来たら、謹んで五代目の座をお受け致します。その時までに、立派な人物になるように努力致します」

大きな声で応えた尋一は、心の中で思った。

――四代目頭目のお言葉は、杏が言っていた「広い心を持った愛情深い人になってね」と全く同じことだ。そのことがわかるまでは、杏は自分と共に過ごさないだろうとも感じた。何故この二人は同じことを言っているのだろう？

四代目頭目と九人の上忍たちとの話を終えた尋一は、久しぶりに自分が育った孤児の館〝一体館〟を訪れた。

〝一体館〟の館長である上忍の臨太郎が、尋一を中へ案内する。

「懐かしいだろう！　俺も孤児として拾われ、この一体館で過ごしたんだ。まあ、俺はもう二十四歳だから、孤児というより、〝孤オジサン〟だな。ワハハ」

「久しぶりに臨太郎さんの親父ギャグを聞けて、感動です！　ハハハ」

「尋一も十七歳か。いつか五代目になったら、この一体館も、もっと大きな建物にしてくれよ。頼むぜ、未来の五代目さん。ワハハ」

一体館の中に、まだ十歳にならない子供がいた。

「臨太郎さん。この人が五代目になるの？」

子供が、館長の臨太郎に話しかけた。

「そうだよ。今は別の所で修行しているけれど、いつでも皆のことを見守っていて、何かあったらすぐに駆けつけてくれるよ。頼りになる俺たちの頭《かしら》だよ。ワハハハ」

臨太郎と子供のやり取りを聞いていた尋一は、照れ笑いを浮かべていた。

越相同盟《えっそう》

尋一は、風魔の里を後にして、越後の斎藤の所に戻った。

斎藤のもとで働きながら尋一は、杏に言われたことや四代目に言われたことを思い返していた。

――杏が言っていたことは何だっけ？　えっと。

広い心を持ち、愛情深い人になって、だったな。それと四代目が言っていたのは、〝博愛の精神〟を学んでおく、だった。

尋一は、立派な五代目になることを思いながら過ごし、気づけば川中島の戦いから七年経っていた。

この七年の間に、戦国大名同士の関係にも変化があった。

一五六八年、武田が十四年続いた今川・北条・武田の三国同盟を破棄して、駿河の今川を攻めた。今川は、八年前に桶狭間で当主の今川義元を亡くしてから、勢いがなくなっていた。

北条はどこまでも今川を支持したが、信玄は、海を持つ領地が欲しかったため、三国同盟を破棄して、今川を攻めた。

信玄の領地は全て山に囲まれている。海に面する領地を欲して、越後の上杉とも何度も戦った。

ただ謙信は強く、そう簡単に打ち破れそうもない。そうなると、同盟国とは言え、国力の衰えている今川を、信玄が標的に選ぶのは自明の理であった。

同盟を一方的に破棄された駿河の今川は、相模の北条と連携して、海のない武田の領地に、塩を送ることをストップさせた。

そのため、甲斐の領民は、生活に欠かせない塩を手にすることができず苦しんだ。

その苦しんでいる武田の領民に対して、上杉謙信は、越後から塩を送った。

武田が敵であるにも拘わらず。

「戦いは戦場で行うべきで、そのような手を使うとは卑怯である」

流石、義に篤い上杉謙信である。

これに応えて、武田信玄も敵である謙信に太刀をお礼に送った。この太刀は「塩留《しおどめ》の太刀」と呼ばれている。

謙信と信玄は、戦場では敵であったが、良きライバルという点で、二人の間には友情めいたものがあった。

今川と北条を敵にした武田信玄は、一五六八年駿河に侵攻し、今川氏真の居城、駿府城を攻め取った。この時、信玄が手を組んだ相手は、将来天下人になる徳川家康である。駿河・遠江を領有する今川領を、大井川を境に武田と徳川で分ける約束をした。

その結果、武田と徳川は、今川の領地を簡単に手にしたのである。家康は浜松城を築き、新たに本拠地とした。

この作戦は、戦略上手の信玄の発想である。信玄は、「風林火山」を旗印にして孫子の兵法を究めていた。

孫子の兵法の根本は、〝戦わずして勝つ〟である。

敵と味方の兵力を冷静に見極め、勝てる時にしか戦わない。そのために頭を巡らせ、勝てる作戦を立ててから戦争に挑むことが重要だと孫子は言っている。

信玄は、同盟を破棄してでも海のある領地を取るという選択をした。そして、家康を巻き込み、万全の態勢でそれを実行した。

義に篤い、上杉謙信には到底できないことである。謙信は、同盟相手を裏切ってまで領地を取るという発想はなく、緻密な戦略を立てるという戦略家でもなかった。ただあるのは、弱い者を助け、弱い者を困らせる敵を倒すという信念だけだった。

謙信の部下たちは、その義侠心に魅かれ、どこまでも謙信に付いて行くのであった。

人として守るべき道義である大義を持った上杉軍は、強かった。武田軍と並び、戦国最強軍団と言われた。

翌年、上杉謙信と北条氏康は、武田信玄に対抗するため、同盟を組んだ。それぞれの領地の名を取った「越相《えつそう》同盟」である。

信玄の死

駿河を手にした信玄は、謙信と同盟を結んで敵となった北条を討つため、小田原城を攻めた。武田軍は強く、甲斐と相模の国境で起きた合戦では、北条軍をさんざんに打ち破った。北条と同盟を結んでいた謙信は、北条を助けに行きたかったが、越中を攻めている最中で、助けに行くことができなかった。

それに加えて、謙信は足利将軍を通じて、信玄と和睦していた。謙信にとって、北条と武田は、味方であり、どちらにも加担することができなかった。

信玄は、こうして謙信の動きを封じ込めた上で、北条に攻撃を仕掛けたのである。正に孫子の兵法を地で行った。

難攻不落の小田原城は、またも強敵を防ぎ、守り切った。一度目は、謙信率いる十万余の兵を退け、今回も戦国最強と言われる武田軍の猛攻をしのいだのである。この成功体験が、後の天下人、豊臣秀吉に対する過信となるのだが。

一五七一年、小田原城の当主、北条氏康が亡くなる。

氏康は、北条家三代目として、初代・二代が築いた領地を確実に増やしていた。上杉謙信と互角に渡り合い、武田信玄とも外交面で堂々と対抗した。越後の龍、甲斐の虎に引けを取らない大名であった。

氏康は、亡くなる際に遺言を残す。

「武田信玄は強い。わしが死んだら昔のように武田と和睦せよ」

跡を継いだ、四代目北条氏政《うじまさ》は、亡父の遺言に従い、上杉謙信との同盟を破棄し、再び武田と同盟を結んだ。

謙信は越中を平定したが、また関東のことを心配しなければならなくなったのである。

北条と上杉と和睦した武田信玄は、その矛先を西に向ける。この時点で信玄の領地は、甲斐・信濃・駿河を中心として、百二十万石もあった。

人生の経験量、優秀な部下、最強の軍団、広大な領地、後顧の憂いがないなど、信玄は最高の条件で次なる敵に戦いを挑んだ。

勝つための条件を作り出してから、動くという孫子の兵法通りの作戦を立てた。信玄は、戦国屈指の戦略策定能力を持っていた。

次なる敵は、足利将軍を奉じて京都に上洛していた織田信長である。

信長は、上洛すると足利将軍を遠ざけ、自分の意志で天下を動かし始めた。

このため、足利将軍は諸国の群雄に「信長を討て」と密書を送っていた。

伝統を重んじる武田信玄は、即座にその要請に従い、織田信長を討つために軍勢を西に動かし、京に上る計画を立て、実行した。

信長は、平安時代から続く、王城である京を鎮守している比叡山を焼き討ちした。仏法を崇拝する信玄には、これも許せないことであった。

信玄は、「代々続く将軍家や仏法の敵である織田信長を攻め滅ぼす」と決意した。

信玄の最初の相手は、信長の同盟国である三河の徳川家康であった。

家康とは、駿河を攻め取る時、協調して今川氏を攻めた。しかし、今は敵となり、信玄と家康は戦うことになった。

後に天下を取る家康もこの時は、まだ経験も浅く、海千山千の武田信玄には、全く歯が立たなかった。

家康の居城である浜松城を素通りして西に進む信玄の罠にまんまとハマった家康は、三《み》方《かた》ヶ《が》原《はら》でさんざんに負け、命からがら浜松城に逃げ帰った。信玄は城を攻めずに素通りすることで、家康など眼中にないと挑発していた。

家康にとっては、生涯の内で最大の敗北であった。

恐怖のあまり、馬の上で脱糞しながら、浜松城に逃げ帰った話は有名である。

家康は、この時の憔悴しきった顔を絵師に描かせ、自身のしかめた顔の肖像画を慢心に対する自戒として生涯座右を離さなかった。

三方ヶ原合戦当時の絵ではなく、後世に描かれたものであるという説もある。

家康はこうした失敗を一つ一つ真摯に反省し、二度と繰り返さないことで、次なる成功へと繋げていった。

この積み重ねと我慢強さによって家康は、後に天下を取るのである。

この時、家康は二十九歳。血気に逸った行動ではあるが、家康は強大無比の武田信玄に正面から戦いを挑んだ。

このことは、後に家康の運命を決める、関ヶ原の戦いでも生きて来るのである。東軍の徳川家康に付くか、西軍の石田三成に付くかと迷う諸侯は、戦国最強の信玄に挑んだ家康の

〝勇気〟に自身の命を懸けたのではないだろうか。

家康に援軍を送っていた織田軍と徳川軍は、三方ヶ原で信玄に大敗北をしたが、運は織田信長・徳川家康に味方した。

真冬の寒風にさらされて行軍をしていた武田信玄は、持病がひどくなり吐血を繰り返し、西に進むことなく途中で亡くなった。五十三歳であった。

信玄は、自分の死を三年間隠すように遺言し、後を武田勝頼《かつより》に託した。

食事中に、信玄の死を聞いた上杉謙信は、箸を落とし、

「わしは、好敵手を失った。世にまたこれ程の英雄はいるだろうか」

と号泣した。

一方、信玄も死ぬ間際、子の勝頼に、

「わしが死んだら、謙信を頼れ。謙信は一度約束を交わせば決して裏切ることはない」

と伝えた。

信玄は合戦を通じて、長く敵対していた謙信を、深く信頼していた。

英雄は英雄を知るとは、正にこのことを言うのであろう。

北条夫人

一五七六年十二月、武田本拠地の躑躅ヶ崎館。外は寒く雪が降っていた。

くノ一養成所で杏が、武田勝頼の腹心の跡部勝資《あとべかつすけ》より指示を受ける。

「杏殿、この度、同盟国の北条氏より勝頼公の奥方になる姫が来られます。武田くノ一たちで道中の護衛を頼みます。両国の国境である三国峠までは、北条の護衛が付きますが、そこから躑躅ヶ崎館までをお守りし無事に迎え入れて下さい」

「かしこまりました。勝頼公の奥方となられる北条の姫様とは、どのような方なのでしょうか?」

「北条三代目の氏康様の娘で、現在の北条家当主の妹君に当たる方です。武田と北条の同盟をさらに強化するために、北条の姫を正室として迎え入れるのです。婚姻したら、北条夫人と呼んで下さい。今後の身の回りの世話と日々の警護もお頼み致します」

「くノ一全員でお迎えに参り、無事にここまでお守り致します。こちらに来られたら、身の回りの世話と警護をすることも承知致しました」

〝くノ一頭目〟の杏は、跡部に応えた。

一年半前に前頭目の望月千代女は、長篠《ながしの》の戦いに参陣し亡くなっていた。現在の武田くノ一の頭目は、杏である。

風魔忍者と同じように、武田くノ一も次の頭目を早くから明らかにしていた。

望月は、杏の独立した考え、皆から人気がある姿を見て、次の頭目に杏を指名していた。

しかし、こんなに早く交代するとは、杏は思ってもいなかった。

信玄の跡を継いだ武田勝頼は、織田・徳川連合軍と度々戦った。

しかし、この長篠の戦いで織田・徳川連合軍の鉄砲隊にさんざんに負け、信玄以来の重臣を多く亡くしたのであった。

織田・徳川連合軍は、丘の上に陣を張り、馬防柵を設け、武田騎馬隊を迎え撃った。

戦いの前、武田の重臣たちは撤退を進言したが、勝頼は決戦することを決断した。

結果は、武田軍一万五千に対して、死傷者が一万人という惨敗である。勇猛果敢な武田騎馬隊は、柵の中から間髪入れずに撃つ鉄砲隊の前に、なすすべがなかった。

勝頼はこの戦いで、多くの重臣に加えて、武田四天王の馬場や山県、内藤も討ち死にさせてしまった。

四天王の残りの一人、高坂昌信は、上杉の抑えとして北信濃にいた。

自分の息子もこの戦いで亡くした高坂は、敗走する勝頼を信濃で出迎えた。その際、勝頼が惨めに見えないように、新しい着物と武具を着けさせ、身なりを整えさせた。

高坂は、信玄以来の重臣を遠ざけていた勝頼に、

「亡くなった重臣たちの息子を重く用いるように」

と、家臣団の再編成を申し伝えた。

さらに、長篠の戦いの責任を取る形で、戦場を離脱した親族の武将に切腹を申し付けるように申し立てた。しかし、勝頼は、この案を受け入れなかった。長篠の戦いで離脱した親族の一人、穴山梅雪《あなやまばいせつ》は、後に窮地の勝頼を見事に裏切るのである。

武田くノ一頭目の望月千代女は、この長篠の戦いで勝頼を逃がすため、討ち死にした。

杏は次期頭目に選ばれてからは、千代女と同じ戦場には行かなかった。

それは、二人が一度に命を落とさないようにとの配慮であった。組織のトップとその跡継ぎは、行動を一緒にしないことがリスク管理の基本である。

姫の護衛

一五七七年一月、武田勝頼と婚姻を結ぶため、北条の姫は小田原城で兄の当主北条氏政に

挨拶をしていた。

「兄上、北条と武田を結ぶ〝懸け橋〟となるため、甲斐の武田家に出立致します」

「勝頼殿は、亡き父上の信玄公に劣らない武将と聞いている。幸せに暮らせよ。達者で」

底冷えのする寒さの中、外には白雪が降っている。

姫の心には、まだ見ぬ勝頼の姿が浮かんでいた。

挨拶を終えた北条の姫は、氏政以下、北条家の重臣に見送られて、小田原城の門を出た。

この時、姫はまだ十三歳。

幼さが残るあどけない顔だが、凛とした姿で輿《こし》に乗っていた。

姫の行列には、護衛が付いていた。その護衛を任されたのは、風魔一党だった。


姫の行先は、古府中の武田館であるが、北条の護衛は、国境の三国峠まで送ることになっていた。そこから、武田の護衛に引き継がれる。

風魔一党は、小田原から三国峠までの地理に詳しいことから護衛に選ばれた。丁度、風魔の里付近の足柄を通る道であった。

護衛を務めている四代目風魔次郎太郎は、上忍の臨太郎に話しかけた。

「北条様と武田は仲直りしたが、また上杉とは敵になってしまった。この三国が一つにまとまれば良いのにのう」

「頭目。その通りですね。北条様・武田・上杉は、お互いに攻撃し合い、体力を消耗させ過ぎています。その間に、織田・徳川の力が増すばかり。いがみ合わないで三国が連合すれば良いのですが」

「まずは、北条様と武田の連携が、この婚姻によって、固いものになると良いのう」

北条の姫一行は雪を踏みならしながら、粛々と進んでいた。一行は足柄を越え、北条と武田との国境、三国峠に着いた。峠では、雪が腰まで埋まる所もあった。

その三国峠には、出迎えのための武田の護衛一団が待っていた。

四代目風魔次郎太郎は、武田の護衛の代表に挨拶をした。

「この度は、婚姻おめでとうございます。姫を武田様の館へ、無事に警護頂くようお願い申し上げます」

「はい。ここまでお送り頂きありがとうございました。後は我々に任せて下さい。次郎太郎様！」

「何と。杏殿ではないか。懐かしい。元気で暮らしていたか？」

次郎太郎が話した武田の護衛の代表は、十四歳まで風魔の里にいた、椎名杏であった。

「お懐かしい。頭目もお変わりないですね。むしろ渋みが出て、前より恰好いいですよ！」

「杏は、幾つになった？」

「今年で、三十三歳です。いい歳ですね。アハハ」

「そんな歳になったたか。あの小さかった杏がこんなに立派になるとは、驚いた。ところで、尋一のことだが、奴を五代目頭目にするつもりだ。尋一は、お前のことを大切に想っている。いつか、その気持ちに応えてあげろよ。それでは我々はここで失礼する。元気で」

「はい。尋一が五代目になるのですか。驚いた！　私のことをまだ想っているのですか？　私より良い人がいるのではないですか？　頭目もお元気で。またどこかでお会いできるといいな！」

杏の言葉を聞いた四代目風魔次郎太郎は、杏が率いる武田くノ一に護衛された北条の姫の輿を見えなくなるまで見送った。

輿の姿が見えなくなると、部下たちに来た道を戻るように指示をした。

杏と純蓮《すみれ》

三国峠で、風魔一党が率いる北条の護衛に見送られた武田くノ一の一行は、河口湖畔で小休止した。

その休憩の時、杏は北条の姫が乗る輿の前で跪《ひざまず》き、大きな声で自己紹介をした。

姫は、輿の簾《すだれ》を上げ可愛らしい姿を現す。

「武田くノ一頭目の椎名杏と申します。躑躅ヶ崎館までの護衛と今後の姫の警護、身の回りの世話を致します。よろしくお願い致します」

「ウフフフ！　元気な方ですね。武田の女性は、皆、杏みたいに明るいの？」

「あ、私、元気過ぎましたか？　何か不足なことはありませんか？　気が利かないところがありますので、どんどん仰って下さい」

杏は北条の姫を仰ぎ見た時、この方に一生を捧げても良いと感じた。

北条の姫の無垢で天使のような姿や、しぐさに、一瞬で虜になったのである。


武田くノ一に護衛された北条の姫一行は、無事に武田の館に着いた。

躑躅ヶ崎館の城門では、勝頼の腹心の跡部勝資以下、武田の家臣が出迎えた。

「北条の姫様。お待ちしておりました。ご無事のご到着何よりです。姫のお部屋を用意してありますので、ごゆっくりと旅の疲れを癒して下さい」

「出迎え、ご苦労である！　また、護衛に部屋の用意など、数々のご親切痛み入ります」

北条の姫は、清らかな声で跡部に応えた。

「姫を部屋にお連れするように」

と、指示を終えた跡部は、杏にお礼を言った。

「杏殿もお役目ご苦労様。これからも姫のことを頼みますよ」

「いえいえ。私、姫様が一遍に大好きになりました。これから、お世話ができるなんて、嬉しいです！　素敵なお役目を与えて頂き、ありがとうございます」

杏は弾むような声で、武田勝頼の腹心の跡部に応えた。


躑躅ヶ崎館の部屋に入った姫は、侍女たちに荷物を片付けさせ、お茶を飲み一息ついた。そして、杏を自分の部屋に呼ぶようにと侍女に伝えた。

杏もくノ一養成所で、部下たちに今後の姫の警護と身の回りの世話についての役割分担を指示し終えたところであった。

「姫様が私をお呼びですか！　嬉しいわ。すぐ行きますと伝えて下さい」

伝えに来た姫の侍女に申し伝えた。

杏は髪と衣装を整え、くノ一養成所から飛ぶように、姫の部屋に駆け付けた。

「姫様。お邪魔致します。椎名杏、飛んで参りました」

杏は、ゼイゼイと息を弾ませながら、姫の前にひざまずいた。

「そんなに慌てて来なくても大丈夫ですよ。ウフフフ」

「すいません。私、ちょっとあわてんぼうなので。アハハハ」

「私は明るくて好きですよ！　杏」

「杏と呼ばれて嬉しいです！　姫様」

「もうすぐ私は、勝頼様と婚姻致します。婚姻後は、北条夫人と呼んで下さいね」

「わかりました！　北条夫人、旅の疲れはないですか？」

「早速、夫人と呼んでくれてありがとう！　でも婚姻した後でいいのよ。ウフフフ」

「あ、また早とちりしました。すいません。アハハハ」

「今日、杏を呼んだのは、貴方と一刻も早く打ち解けたいと思ったからなの。私の命を預けるのだから、何でも話しましょう！」

「はい、わかりました。実は、十四歳まで足柄の風魔の里で私は育ったのです。三国峠での風魔頭目との会話でわかっていましたか？　元々は、北条家の家来だったのです。今は武田にいますが、北条家も好きです。アハハハ」

「私は、初めて殿方に嫁ぎます。杏は、嫁いだことがありますか？」

「いいえ、私は嫁ぐ約束をした方がいましたが、その方とは一緒になれずに未だに独身です。でも、十八歳になる娘がいます。純蓮と言うのですが、姫様のお世話役に付けようと思いますが、どうでしょうか？」

「そうですか。嫁ぐということは、その家に入るも同然。これからは北条を捨て、武田一筋で生きる覚悟です。杏の娘なら安心だと思うわ。一度、連れて来て下さいね」

「はい。年も近いので純蓮は、きっと姫様のお役に立つと思います」

「ところで、杏が嫁ぐ約束をした方とは、尋一という方ですか？　ごめんなさい。風魔頭目との会話を聞いて、そうかな？　と思いました」

姫は、杏に鋭い質問をした。姫は普段の無邪気な姿からは、想像できない洞察力を持っていた。

「姫様。良くわかりましたね。アハハ。そうなのです。私が十四歳の時、翌年婚姻する予定だったのですが。色々ありまして、そうなりませんでした」

「そうなのですか。好きな人と一緒になれなくて残念でしたね。まだ機会があると思うから諦めないでね」

「姫様。好きな人だなんて。あの人は、人望はあるけれど、気が利かないところがあるのですよ。あ、すいません。余計なことを言いました」

「ウフフフ。杏は面白いわね。これからよろしく。純蓮にも伝えておいてね」

北条の姫と話した杏の頬は紅潮《こうちょう》していた。

謙信の死

越後の龍、上杉謙信は、ライバルの信玄が亡くなった後も戦国最強の名をほしいままにしていた。

その勢いは止まらず、越中に続き、加賀《かが》（石川南部）の一部を平定し、手取川《てどりがわ》では、柴田《しばた》勝家《かついえ》率いる三万の織田軍も撃破した。

一五七七年十二月、織田軍を撃破した謙信は、居城の春日山城に戻り、関東の北条を討つための準備をしていた。

少しずつ暖かくなって来た翌年の三月、厠に向かった謙信は、そこで倒れ、その後意識が回復しないまま帰らぬ人となった。

謙信、四十九歳。死因は、脳溢血《のういっけつ》である。謙信は、大の酒好きで、塩辛い物も好きだった。また、若い時から戦場を駆け回っていたことも突然倒れた要因であろう。

生涯独身のため、実子はなく、上杉景勝《かげかつ》や景虎《かげとら》といった養子しかいなかった。

しかも、謙信は後継をどちらにするか、決めないまま突然亡くなったのである。

上杉景勝と景虎の両者は、自分こそが謙信の跡継ぎであると主張するのであった。

事前に後継を決めておかないと、〝お家騒動〟が必ず起きる。

景勝は、謙信の姉の子供であり、血筋からは謙信に近い存在であった。

一方の景虎は、北条家当主の北条氏政の弟にあたる。

以前結ばれた越後上杉と相模北条との同盟（越相同盟）の証として、景虎は北条から上杉に送られて来た。

謙信は、景虎を気に入り、姉の娘を景虎に嫁がせた。

その娘は、景勝の姉にあたる。景勝と景虎は、義理の兄弟でもあった。

謙信が景虎を気に入った証左として、〝景虎〟という謙信の初名を授けたことが挙げられる。

この二人の家督争いは、〝御館《おたて》の乱〟と言われ、謙信が亡くなった後、上杉家では一年間も内紛が続いた。

一五七八年五月、北条家当主の妹を正室に迎えていた武田勝頼は、北条家の申し出により、景虎に味方するべく越後の国境まで兵を派遣した。

北条家本隊は、佐竹氏・宇都宮氏と対陣中であったため、景虎の元に出兵ができなかった。

御館《おたて》の乱

上杉景勝は、越後国境沿いに兵を送っていた武田勝頼に対して、和睦交渉をする。交渉は成功し、勝頼と景勝は甲越同盟を結んだ。

八月、勝頼の仲裁により、家督争いをしていた景勝と景虎は、春日山城で一時的に和睦する。

しかし、徳川家康が、留守の武田領へ侵攻すると、勝頼は越後から撤退し、それが元で景勝と景虎の和睦も破綻した。

勝頼と景勝の交渉の裏には、武田側は、武将の高坂が、上杉側は、武将の斎藤が携わっていた。

特に斎藤は、尋一が勧める北条・武田・上杉の三国での連合を念頭に武田側と交渉をした。四代目風魔次郎太郎も考えていた案である。

武将の斎藤は、上杉景勝に言上した。

「この三国で争っている場合ではありません。三国は、連合して一つの国となり、西の織田・徳川に対抗すべきです」

当初は、景勝もその案を受け入れ、武田勝頼、景虎と和睦したが、家督争いはそれを上回る陰湿なものがあった。

景勝と景虎の和睦が破綻したことで、武田勝頼と北条家の関係も悪化した。北条夫人を迎え、両者の仲を盤石なものにした甲相同盟も終わりを迎える。

尋一と斎藤が考えた北条・武田・上杉の連合も頓挫した。上杉側で交渉した老臣の高坂は、三国の連合を見ることなく五十二歳で亡くなった。

御館の乱は、景勝が勝ち、負けた景虎とその正室である景勝の姉は、自害した。正室二十四歳。景虎、二十六歳の若さである。

謙信が亡くなって一年後の一五七九年三月、御館の乱の決着が付いた。

結果、上杉景勝が上杉家を継ぎ、武田勝頼は、上杉と同盟したが、北条とは手切れになった。

北条・武田・上杉で争っている間に天下布武を目指す織田信長は、西の毛利家を攻め始め、豪華絢爛な天主を持つ安土城を完成させる。

五層七重の最上階には、金箔が施された瓦を使用した望楼があり、金色の室内には金碧障壁画が飾られていた。その一つ下の階には、天井や柱、全てが朱色の八角堂がある。

旧態依然とした北条・武田・上杉に対して、織田信長は、まるで異次元に生きている人のように革新的なことを実行した。


北条と手切れになった武田勝頼は、せめて上杉との同盟を深めようと、自分の妹、菊姫を景勝に嫁がせる提案をした。

景勝は、武田の交渉役として、斎藤を選ぶ。斎藤は、謙信にも右腕として頼りにされていたが、景勝にも信頼されていた。

六月、斎藤は尋一を連れて、菊姫を迎え入れる下準備として、甲斐の武田館を訪れることになった。

武田との交渉に出発する前、斎藤は尋一に耳打ちをする。

「わしは、武田信玄との交渉でも一歩も引かなかった。それに比べれば、他の者との交渉は、たやすいものよ。わしが、交渉している間、ほれ、誰だっけ？　お前の意中の人の所に行って来い」

「杏です！　ありがとうございます！　斎藤様が交渉している間、くノ一養成所に行ってきます」

武田の館に着いた尋一は、急ぎ杏に会いに行った。尋一は杏と会うことを決めてから、あるものを持ってきていた。それは、以前くノ一養成所で杏から貰った忍者頭巾だった。その頭巾をかぶると、尋一は手慣れた様子で、くノ一養成所に忍び込んだ。その時、建物の外にある厠が目に入った。

――最後に杏と会ったのは、あの厠だったな。

あれからもう、十八年も経っているのか。俺と杏も、もう三十五歳。お互い婚姻もしないで、こんな歳になってしまったな。杏の娘は元気かな？

十八年前と同じく、尋一は一番大きな屋敷の裏で隠れながら、杏が出て来るのを待った。板塀で囲まれている正面入り口の冠木門や幾つかのヒノキ造りの建物、水車小屋、窪地を渡る吊り橋、六角の形をしたお堂、手裏剣の訓練をするための横長の建物。全てが当時と変わらないまま存在していた。

木の上に作られた見張り台には、見張りの者もいる。養成所を囲む木々は、青々していた。

――武田信玄公、上杉謙信公が亡くなり、月日が流れても、このくノ一養成所は変わらないな。

尋一は小一時間程、〝木の葉隠れの術〟を使い、そこで隠れていた。

すると突然、尋一の背後から若い女性がドスの利いた声で、尋一に問い詰めてきた。

「貴方、どこから侵入してきたの？　理由によっては、人を呼ぶわよ」

若い女性は、背後から尋一の首元に短刀を突き付けて、低い声で囁く。

右手には短刀を持ち、左手は襟を掴んでいる。しかし、その掴んでいる手の力は、あまり強くなかった。

若い女性は二十歳で、杏の娘、椎名純蓮であった。

純蓮も杏と同じく、人の匂いで自分にとって、敵か味方かを直感的に感じ取る本能的な能力を持っていた。尋一を掴んでいるが、この人は敵ではないと感じ取っていたのである。

何も抵抗しない侵入者を純蓮が観察すると、頭巾の後ろ側に北斗七星の刺繍があるのを見つけた。

――この柄杓《ひしゃく》の形は、北斗七星。母の杏が、好きな人にあげた話を聞いたことがある。もしかして、この人は母の好きな尋一さんかしら？

純蓮は、尋一の首元に突き付けていた短刀を懐にしまった。

「貴方は、尋一さんですか？」

突然、純蓮に自分の名前を呼ばれた尋一は、戸惑いながらも、直感的に何かを感じていた。

――もしかして、後ろにいるのは杏ではないか？　以前貰ったこの頭巾をかぶってきたから、合図になってわかったのかもしれない。それにしても、声が少し若いように聞こえるが、〝声変わりの術〟でも使っているのだろうか？

尋一は、呼び掛けた女性を杏だと思い、

「はい。尋一です」

と、背後の女性に答えた。

「やっぱり、尋一さんなのですね。母から貴方のことは良く聞いています。昔、幼なじみで風魔の里にいたのですよね？　母は、いつも『尋一は何をしているかな？』って言っていますよ。アハハ」

「杏が、俺のことを？　信じられない。俺は毎日、杏のことを想っているけれど、杏は何も感じていないと思っていた。今言ったこと、本当なの？」

「ちょっと。告白なら本人にして下さいよ。私は、杏ではないですよ。アハハ。それに母が何も感じていないって、失礼じゃないですか？　だから、二人は結ばれないのですよ」

「今、母って言っていたよね。さっきから何度もその言葉を聞いているけれど、貴方は、もしかして、杏の娘なの？」

「アハハハ。そうです！　貴方の想い人の娘、椎名純蓮と言います。残念ながら、母は、今ここにはいませんよ。勝頼様に嫁いだ北条夫人の所にいます。そこには、武田の兵が大勢いるから、尋一さんでも行かない方が良いですよ」

純蓮は、目元が杏にそっくりだった。笑い方や声の響きも。

「わかった。母の杏によろしく伝えてね。いつか迎えに来るから」

純蓮の言うことを聞き、杏に会うことを諦めた尋一は、くノ一養成所を後にした。躑躅ヶ崎館城門の外にある松の木まで移動し、そこで斎藤と合流し、越後に帰った。

直江兼続《なおえかねつぐ》

真夏の太陽が照りつける八月。尋一が、武田の館から越後の斎藤の居城、赤田城に戻ってから二ヶ月が経った。

武田勝頼の妹、菊姫の越後への輿入れが、来月に迫る。

斎藤は、この任務の責任者として、慌ただしく動いていた。

そんな慌ただしい中、尋一の元にある人物が訪れた。その人物は、風魔上忍の列衛門だった。

日が高く昇っている時間に、尋一の部屋の天井から列衛門は、するりと降りて来た。

「尋一。久しぶり。風魔の列衛門だ」

「いつの間に天井に忍び込んでいたのですか？　全然気づかなかった。列衛門の忍びの術は、健在ですね」

「今日ここへは、訳があって来た。突然ですまないが、風魔の里に戻ってきて欲しいのだ」

「頭目に何かあったのですか？」

「頭目は、元気だ。しかし、先の景勝との戦いで、大ケガをしてしまい、足が動かなくなってしまった。『いよいよ、尋一に頭目を譲る時が来た』と四代目頭目は言っていた」

「四代目が大ケガを。足が動かないのか。よし、わかった。すぐに風魔の里に戻る！　しかし、今までお世話になった斎藤様に挨拶だけさせてくれ。ところで頭目は、今何歳？」

「俺が四十九歳だから、頭目はもっと上だぞ。えっと。うーん。五十九歳だ」

「列衛門より十歳上だから、すぐに計算できるだろ。計算が遅いな。ワハハハ」

「俺は、忍術は得意だが、計算は苦手なのだ。ハハハハ。では、先に戻っているから必ず風魔の里に戻って来いよ。戻ったらお前が五代目頭目になるのだぞ」

「わかっている。その覚悟はとうの昔からできている。ビシビシしごくから覚悟しておけよ。ワハハハ」

会話を終えた列衛門は天井裏まで、ひとっ飛びで戻り、姿を消した。


列衛門から風魔に戻るように言われた尋一は、斎藤を探し、見つけた。

「菊姫様の婚礼の準備で忙しいところすみません。少しお話をしたいのですが」

「話とは何かな？　風魔の里へ帰るのであろう」

武田の姫を迎えるために忙しくしていた斎藤は、手を休めて尋一に応えた。

「斎藤様、私の心の中を見通していますね。何も隠しごとはできないです。ワハハハ」

「お前の心の中は全部わかっているぞ。今、何を考えているか当ててやろうか？　風魔の里に戻る前に、杏に会いたい、だろ？　ブハハハ」

「そんないつも杏のことばかり考えていませんよ。でも、少しそれも考えました。ワハハハ」

「今までお前は、良くわしに仕えてくれた。礼を言う。お前がここに来てから、丸二十年だな。皆が待つ風魔の里に戻って、立派なリーダーになるのだぞ」

「こちらこそ。命を救って頂き、様々なことを教えて頂きありがとうございました。斎藤様のような立派な武将になります。それでは失礼致します」

「そうだ。少し待て。この上杉家を離れる前にお前に会わせたい人物がいる。そいつに会ってから里に戻れ。わしが手紙を書くから、それを渡すが良い」

「どのような方なのですか？」

「お前より随分若いが、将来必ずこの上杉を背負って立つことになる素晴らしい人物だ。帰る前に彼の元に寄れよ。お前にとっても、きっと役に立つことを言ってくれるだろう。達者で」

斎藤から紹介状の手紙をもらった尋一は、早速、その人を訪ねることにした。

尋一は、斎藤の居城である赤田城を出て、上杉家の本拠地の春日山城に向かった。尋一にとって、この人物は後に生涯の友と言うべき人になる。

これから尋一が訪れる武将の名前は、直江兼続《なおえかねつぐ》という。上杉景勝の腹心でまだ、十九歳の若さであった。

尋一は、この時、三十五歳。親子程の年の差がある。

斎藤に貰った手紙を兼続の家来に渡すと、しばらくして面会が許可された。

直江兼続は、謙信急死後に起きた上杉家の後継者争い〝御館の乱〟で、勝利を収めた上杉景勝の取次役として活躍をした。

景勝の兼続に対する信頼は絶大で、この若さにも拘わらず兼続は、もう一人の重臣と共に、家臣団筆頭の地位を得ていた。

景勝は、兼続のために上杉家代々の重臣、直江家の娘を娶《めと》らせ、婿養子として跡取りのない直江家を継がせた。

直江家の娘は、「船《せん》」と言う。兼続は側室を持たずに、生涯、船だけを愛した。

直江家は、上杉家の宿老を務めた家柄であり、そのため兼続は、実力や家柄共に家臣団筆頭として申し分がない。

尋一は、兼続の家来に導かれて、春日山城の兼続の部屋に入った。

「樋口尋一殿、斎藤様からお手紙を頂きました。今まで上杉家のために尽力頂きありがとうございます。これからは、北条家に戻られるとか」

「兼続様、お初にお目にかかります。斎藤様の元で二十年仕えました。二十年の中で、川中島の戦いにおいて、謙信公の一騎打ちの場面も見たことがあります。正に〝越後の龍〟の名にふさわしいお姿でした」

「謙信公のご活躍を目の前で見られたのですか？　川中島の一騎打ちの時、まだ私は生まれたばかりでした。私は、景勝様の小姓として仕えていたため、謙信公はお見かけしただけです。しかし、謙信公は、遠くから見ても威厳のあるお姿でした。ところで、私の旧姓は樋口と言い、直江家を継ぐ前は樋口兼続と言う名前だったのです。〝樋口〟尋一殿とは、血がつながっているかもしれませんな。アハハハハ」

「樋口という名字だったのですか。偶然の一致ですね。ときに、後ろに鎧兜がありますが、兜の前立ての〝愛〟という文字は、何を意味しているのですか？」

　樋口尋一は、兼続の兜を指しながら、ふと尋ねた。

「この兜は、目立ちますね。皆、これを見る度に驚きます。徳川四天王の本多忠勝《ほんだただかつ》殿の鹿角《しかつの》の脇立て兜なども派手ですが、この兜も主張が強い。実は、この兜は謙信公が作らせたもので、それを上杉景勝様から私が頂きました。謙信公が愛宕《あたご》神社に戦勝祈願をしたことから、謙信公はこの兜に〝愛〟の文字を用いたようです。台座は、瑞雲《ずいうん》を象《かたど》ったもので、白雲に乗って顕現《けんげん》する神仏を表現しています。話が長くなり申し訳ありません。この兜のことを話すと、つい話が長くなってしまいます。樋口尋一殿に心を許していることもありますが」

「いえいえ。勿体《もったい》ないお言葉、そう言って頂けると嬉しいです！　実は、私はこの〝愛〟という言葉を、生涯の目標にしているのです。斎藤様の前に仕えていたお方には、〝博愛の精神を持て〟と言われ、私が愛する女性からは、〝愛情深い人になって〟と言われています。私は、未だにこの言葉の意味が体得できていません。愛する人と言っても、私の片思いですが。ハハハハ」

「私もこの〝愛〟という字の意味を常に考えています。謙信公がこの兜を作った真意は何だったのだろうか？　と。名字も同じですが、与えられた課題も同じですね。アハハハハ。

尋一殿、〝愛〟について答えが出た時は、是非、私に知らせて下さい。私は、上杉・北条・武田はお互いに争わずに、連合するべきだと考えています。上方《かみがた》では、織田信長の力が強くなり、この狭い地域で争っている場合ではないのです。尋一殿、この上杉家と北条家の〝懸け橋〟となって下さい。お互いに連絡を取り合いましょう」

「上杉・北条・武田が連合する考えは、私も全く同感です！　上杉家家臣団筆頭の兼続様のお力があれば、この連合の考えも実現するかもしれません。私も北条家の重臣たちに意見が言えるように活躍し、力を付けるように致します。ご連絡お待ちしております」

十九歳の兼続と三十五歳の尋一は、名字が同じ〝樋口〟であったこと、〝愛〟を探求していることの共通点があり、一度の面会で親友のような関係になった。

何より、お互いが素直であった。兼続と尋一の天真爛漫で無邪気な性格が、二人を会ったた瞬間に結び付けた。この両者の性格を見抜き、二人を会わせた斎藤の眼力も流石である。

五代目風魔小太郎《ふうまこたろう》

直江兼続との面会を終えた尋一は、春日山城で用意された部屋に一泊した。早朝、越後の春日山城を後にして、遥か南に位置する足柄の風間村を目指し出発した。

風も止み草一つそよがない、真夏の炎天下を尋一は馬に乗り進む。じりじりと鳴く蝉の声で暑さが増していた。しかし、尋一の心の中は、晴れやかだった。

――上杉・北条・武田を連合させ、上方の織田・徳川に対抗できる勢力を作る。そして、その連合のもと、愛が満ち溢れた国を作るのだ。そのために、北条家で意見を言えるように活躍をする。兼続様とも親しくなれた。あの方は、斎藤様が推す方でもあり、信用できる。〝愛〟についても共に探求していこうという共通の想いもある。生涯の友になるかもしれない。

尋一は馬に乗り越後の平地を進み、山あいの道を抜け、妙高高原に出た。

一日中移動し、日も暮れたため、山の中の民家に泊まった。

山あいの暗闇に光る民家の明かりは、夜空に浮かぶ北極星のようだった。

——杏は、何をしているかな？

尋一は暗闇の中で強い光を見ると、いつも北極星のことを思い出すのだった。普段も夜になると、真北に浮かぶそれを見ることも日常の習慣になっていた。南風が夜にひっそりと咲く、大輪の花を咲かせた夕顔を揺らしていた。月光に白い花が映え、淡く澄んだ香りを漂わせている。

夜が明け、温かい朝食を食べると尋一は、民家を出た。

そこから山を越え、野尻湖を周るように南下し、千曲川に沿って進むと日暮れ前に、川中島に着いた。

川中島で尋一は馬を降り、休んだ。

——ここは上杉謙信公と武田信玄公が戦った場所だ。あれは、もう十八年前の話だ。時が経つのも早い。この地で野垂れ死ぬ運命だった私を救ってくれたのが、斎藤朝信様。そして、孤児として生活ができなかった幼少の頃、救ってくれたのが四代目風魔次郎太郎様。あっ、もしかして、俺はもう十分すぎる程の愛を受け取っているんだ。しかも四代目は、俺が若く、風魔の里にいないのにも拘わらず、俺を五代目に指名してくれた。その約束は十八年間も変わらず続き、今、俺は風魔の五代目頭目になろうとしている。これを愛と言わずに何と呼ぶのだろう！　風魔上忍の九人も同じだ。皆、俺より歳上で、風魔にいる年数も長いのに、俺が頭目になることを誰も反対しなかった。俺は風魔の仲間から、愛情を一心に受けているのではないか。そのことに今まで気づかなかった自分は、何とバカ者だろうか。これからは五代目として、風魔の皆に愛を注ぐ側になろう。自分は二度も死にかけた。命は惜しくない。よしやるぞ！

千曲川と犀川が交わる川中島で、尋一はそう決意した。

尋一が二つの大きな川を見ていると、流れがより速くなったように感じた。

川中島の中州には、以前に無かったお地蔵様が立っている。

尋一は、そのお地蔵様に自分の願いを伝えた。

——自分の持てる力で、風魔の皆に愛を注ぎます。上杉・北条・武田を連合させ、愛に満ち溢れた国を作ります。どうか見守って下さい。

やがて川中島も日が暮れた。

尋一は周りを警戒して、そのままお地蔵様の前で一泊野宿をした。

その晩は、真夏の夜風が尋一の身体を包み込むように、心地よく吹いていた。

眠る尋一の目の前に立っているお地蔵様は、甲冑姿で馬に乗っている。

それは、今すぐにでも戦闘に馳せ参じるような勇ましい姿であった。

明くる朝、尋一は川中島を発《た》ち、千曲川上流に向かって、さらに南に進む。

上田を通り、小諸に着いた時、このまま南に進むか、東に向かうか迷った。

南に進めば、武田領の甲斐に出る。その目的は、躑躅ヶ崎館のくノ一養成所に立ち寄り、杏に会うことだった。

東に進めば、上野に出てそこからは、関東の北条の領地になる。

尋一は、どちらに進むか考え、東に向かうことにした。

——杏には会いたいが、また一方的に自分の気持ちを伝えても、迷惑かもしれない。運命の糸が繋がっていれば、必ず結ばれる時が来るはずだ。東に進み、久しぶりに北条家の支配下の領地を見てから、足柄の風魔の里に戻ろう。

尋一は、五泊六日で、上野、武蔵、相模を抜け、風間村に着いた。


風間村に着いた尋一は、風魔一党の二百世帯全員から歓迎された。

「五代目頭目、お帰りなさい」

「長い修養の日々でしたね。お疲れ様でした」

「これから風魔一党を率いて下さい。期待しています！」

あちらこちらから、尋一を迎える温かい声が聞こえる。

「全員のお土産持ってきた？」

などと頓珍漢なことを言う子供もいた。

「皆のお土産あるよ。ほら、越後で採れた干しイチジクだ。これは、不老不死の果実なのだよ。皆これで若返ってね。ワハハハハ」

「オジサン、ありがとう」

とお礼を言った。この子供は、孤児の館、〝一体館〟から出て来た子供であった。

「オジサン、はまだ、早いかな。お兄さんと呼びなさい！　でも、三十五歳ではオジサンか。ワハハハハ」

「すいません、五代目頭目。一体館の子供が変なことを言って」

そう言ったのは、一体館の館長、上忍の臨太郎だった。臨太郎も、もう四十二歳になっている。

「俺たち上忍九人も、かなり歳を取ってきた。最年長の在次郎なんて、八十一歳だぜ。そろそろ引退させてあげろよ。ワハハハ。五代目、四代目の所に顔を出してやってくれ！」

尋一が風魔の里を飛び出してから、二十一年が経っていた。途中、何度か顔を出していたが、ここまで全員が歳を取っているとは思ってもいなかった。

「そうだな。どこかのタイミングで、上忍の見直しもしよう。若者を上忍に抜擢するのもいいかもしれない。まずは、四代目の所に挨拶に行くよ！」

　尋一は、四代目頭目風魔次郎太郎の屋敷に向かった。四代目は、先の戦で大ケガをして、足が不自由になっている。この時、四代目は五十九歳である。四代目の隣には最年長の上忍、在次郎も座っていた。

「四代目、在次郎さんお久しぶりです。只今帰りました。四代目、足のケガは大丈夫ですか？」

「尋一、いや、五代目頭目。お帰りなさい。足はこの通り動かないのだ。もう任務を果たすことができない。これからは、お前が風魔を率いてくれ。まずは、五代目としての名前を決めよう。知っての通り、代々の頭目は、風魔と名乗っている。心に浮かぶ名前はあるか？」

「そうですね。〝風魔《ふうま》小太郎《こたろう》〟という名前はどうでしょうか？　四代目の太郎という文字を頂き、その太郎には少し及ばないという意味で〝小太郎〟と考えました。如何でしょうか？」

「在次郎、どう思う？　古参の在次郎は、〝二代目〟風魔頭目から知っているのだ」

　四代目は、隣に座っている在次郎に目を向けた。

「風魔小太郎。良き名前かと存じます」

「よし、決まった。五代目風魔小太郎の誕生だな！　皆の者に早速伝えよう！　今日から小太郎が五代目頭目だ。後を頼むぞ」

四代目の屋敷を出た五代目頭目、風魔小太郎は、屋敷前で皆に向かって演説をした。

「今日より、風魔一党を指揮する五代目風魔小太郎である！　皆の者、我に付いてきてくれ！　俺は皆を愛で包むから」

「おお！」

風魔一党は、心を合わせて雄叫びを上げた。

「まるで二十一年前の四代目の演説のようですね。沼田城周辺の攻略に行った時の」

八十一歳になっても太っている上忍の在次郎が、四代目に話しかけた。四代目は、足が動かないため、演説を屋敷の中で聞いていた。

「そうだのう。歴史は繰り返す、だな。世代交代の時期が来たようだ。在次郎も歳だから、この機会に引退してのんびり過ごすと良いぞ」

「そうですね。私も四代目と共に引退すると致します」

太っている在次郎は、汗をかきながら四代目に応えた。

何度も頷きながら、四代目は目を細めて、屋敷の外の熱気を感じていた。

黄瀬川《きせがわ》の戦い

風魔小太郎が五代目に就任した一五七九年九月、北条は徳川と同盟する。上杉と武田の同盟に対抗するために、この両者ではなく、西の徳川と結んだのである。

小太郎は、これを聞いて悔しがる。これから、北条家の重臣を通して、上杉・北条・武田陣営の連合国を作ろうと考えていた矢先だった。しかし、小太郎に北条家側近との縁故などもなく、なすすべが無かった。

徳川と同盟を結んだ四代目北条氏政は、武田を攻めるべく三島に侵攻した。この侵攻に対して、武田勝頼は、黄瀬川《きせがわ》まで進出して北条軍を出迎えた。

風魔一党にも北条幻庵から、出陣命令が下る。幻庵は北条家親族筆頭で、〝六十年前〟(二代目風魔頭目の頃)から風魔一党に出陣命令を下している。北条四代目氏政の代になっても、まだ健在であった。幻庵は、初代北条早雲の末子である。幻庵は、御館の乱で負けた上杉景虎の養親でもあった。景虎を自害に追い込んだ上杉家と武田家とは、相容れないという姿勢を取っていた。

小田原を中心とした関東を何代にも渡って統治を重ねた結果、この頃の北条家は、その国力を益々充実させていた。

この黄瀬川の戦いでは、北条と同盟を結ぶ徳川も連動して、駿河に出兵している。

出陣命令を受けて、風間村の風魔一党も武田軍がいる黄瀬川に繰り出した。

川を挟んで北条軍と武田軍は対陣する。

五代目風魔小太郎は、小田原に残っている北条幻庵を通して、当主の北条氏政に、

「風魔一党が先陣を切る」

と提案をした。

北条家当主の氏政は、その提案を了解し、風魔一党が先陣を任された。

この戦いで、五代目風魔小太郎は、知恵を働かせた。

——武田軍は、将来的に北条家の味方になってもらいたい。壊滅的な被害を与えず、兵を損失させずに撤退させる攻撃をしよう。ここは、忍術の使いどころだ。

そう考えた小太郎は、上忍たちに細かく指示を出した。

風魔の上忍メンバーは、ほぼ今まで通り同じメンバーだった。ただ上忍の一人、在次郎は、八十一歳から、十八歳に若返っていた。

同じ名前を引き継いで、年寄りの在次郎から、若者の在次郎に人物が変わっていたのである。今までの在次郎は太っていたが、新しい在次郎は、痩せていた。

小太郎は、風魔一党に対岸の武田軍に対して、〝夜襲〟をかけるよう命令する。

黄瀬川の激流を巧みに渡った風魔の忍者軍団は、毎晩武田軍に夜襲をかけた。

一晩目は、馬の上に藁人形を乗せた、無人の騎馬隊を武田軍に送り込んだ。次の晩、その次の晩も同じように、無人の藁人形の軍を送る。

最初、風魔軍の夜襲に驚いていた武田軍は、何日にも渡る空《から》の軍隊に、またかと思うようになり、四日目の夜は、どうせまた空の軍隊だろうと油断していた。

しかし、四日目の夜に小太郎は、藁人形ではなく、忍者部隊を乗せた騎馬隊で武田軍を襲わせた。

しかも、風魔忍者は、馬の横腹に隠れるように乗っていたため、武田軍は今度も、馬だけの襲撃のいたずらだと思っていた。

武田軍は、この毎晩のいたずらによって、睡眠不足を誘っているのではないかと考えていた。

高を括っていた武田軍は、馬の横腹から姿を現した忍者たちに慌てふためく。

さらに風魔忍者軍は、場所を事前に把握していた武器庫や食糧庫の全てに火をかけた。

ここ数日間、毎晩風魔の夜襲におびえて、睡眠不足になっていた武田軍は、恐怖と混乱から同士討ちを始める始末であった。

小太郎自身も変装をして武田軍の恐怖心を掻き立てた。

その変装した姿は、目や口は裂け、口からは牙が四本も出ていた。身長は、二百十八センチもあり、人間離れしたその姿を見た武田軍は、妖怪が襲って来たかと恐れおののいた。

武田軍の混乱を見届けた小太郎は、風魔忍者に引きあげの合図を送る。

その合図に合わせて、風魔忍者が引きあげて対岸に戻った時、〝立ちすぐり居すぐり〟という敵味方識別方法により、尾行してきた敵の武田兵を見破る。追ってきた武田兵は全員捕らえられた。

〝立ちすぐり居すぐり〟とは、全員が集合した時に合言葉を使い、一斉に立つ、または座る行為を通して敵と味方を見破る方法である。例えば、〝川〟と言えば立ち、〝山〟と言えば座るというやり方である。

夜襲で被害を受けた武田軍は、その怪奇な軍団の様子や尾行した武田軍の兵が誰一人帰って来ないことから、恐怖を感じ、口々に撤退を主張し始めた。

武田勝頼は軍の統制が取れなくなり、全軍を引くという決断をせざるを得なかった。ただ勝頼の賢いところは、撤退と言わず、北条の動きに合わせて駿河から進出してきた徳川軍を叩くという名目で、軍を転戦させたのである。

風魔小太郎は、北条本軍を全く動かさずに風魔一党だけで、戦国最強と言われた武田軍を退却させた。

北条氏政は、この報告に喜び小太郎を呼び、褒美を与えた。その褒美とは、北条家と同じ家紋の〝北条鱗《ほうじょううろこ》〟を風魔が使用することを許可することであった。

三角形で表された鱗を三つ重ねた〝北条鱗〟が与えられることから、長年北条家に仕えた風魔一族に対して、氏政の厚い信頼が伺える。

小太郎は褒美を与えられた場で、畏れ多くも北条家当主の氏政に言上した。

「徳川軍との戦いによっては、武田軍が戻って来る可能性があります。黄瀬川を渡って、軍を進めると、川を背にすることになり危険です。今は川を渡らず様子を見た方が、賢明かと思います」

風魔小太郎は、先の夜襲や、今の策略をどこで覚えたのであろうか。頭を働かせなくても自然にすべきことが、泉のごとく出て来るのであった。

氏政は、この案を受け入れ、黄瀬川を渡らず、陣をそのままにした。

小太郎が思った通り、武田軍が自分の方に向かって来るのを確認した徳川家康は、素早く徳川軍を浜松城まで撤退させた。

戦国武将たちは、戦いで自軍の兵を減らすことを嫌っていた。兵を減らさないで、漁夫の利を得るように領地を獲得することを狙っているのである。

徳川軍の撤退を見て、北条氏政も軍を引きあげた。小太郎の献策を聞かずに北条軍が川を渡っていたら、引き返すことができずに、大損害を被ることになっただろう。

（注）この風魔が活躍した黄瀬川の戦いは、一五八一年十一月の戦いを指すとも言われている。

新府《しんぷ》築城

一五八一年正月、甲斐の武田勝頼は、躑躅ヶ崎館で、正室の北条夫人と束の間の平和の日々を過ごしていた。

四年前に北条と武田の同盟の証として、この武田の館に北条夫人は嫁いできた。しかし、二年前にその同盟が破綻し、北条夫人は、実家の北条家とは疎遠な関係になっていた。

北条夫人は、嫁ぐ時から北条家を捨て、武田家の人間として生きることを決意していたため、実家が武田との同盟を破棄しても全く動揺しなかった。

この年、武田勝頼は大きな決断をする。

武田氏が三代（六十年）に渡って、本拠としてきた躑躅ヶ崎館から、新しく築城する新府《しんぷ》城に本拠を移すことを決めたのである。

先代の信玄は、「人は城、人は石垣、人は堀」と言い、人材育成に重きを置き、生涯立派な城は造らなかった。

この新府城は、本曲輪《くるわ》、二の曲輪さらに東西の三の曲輪、丸馬出《まるうまだし》、三日月堀がある巨大な城である。後に真田幸村《ゆきむら》は大坂冬の陣で丸馬出を応用し、真田丸を築く。

武田一門の穴山梅雪が新しい城の築城を献策した。梅雪は長篠の戦いで、戦場離脱した。そのため武田四天王の高坂は、梅雪を切腹させるよう勝頼に進言した。勝頼はこの進言を受け入れず梅雪を生かした。しかし、梅雪は勝頼を裏切ることになる。

城の普請は、真田幸村の父である真田昌幸《まさゆき》が行った。武田家の最期に際して、次々と裏切り者が出る中、真田昌幸は、最後まで武田勝頼を支えた。

新府城は、盆地の北西端に位置し、東西を川に囲まれた天然の要害である。長篠の戦いで、多くの重臣を失った武田勝頼は、勢力挽回のために、この築城に力を注いだ。

躑躅ヶ崎館で、登城してきた家臣たちに挨拶を終えた勝頼は、北条夫人と引っ越し前の最後の正月を過ごす。

「いよいよ、新しい城の普請が着工する。この新しい城は、武田の築城技術の粋《すい》を集めたものだ。この城に籠ればどんな強敵が来ても、破られることはないだろう。また、正面には雄大な富士山が見え、背後には八ヶ岳が見える。本曲輪には桜も植える。さぞ美しい景色になるであろう」

酒を飲みながら、側に座る北条夫人に自慢気に語る。

「勝頼様が決めたことです。私は当然それに従います。しかし、多くの家臣も反対していますが、この新しい城で武田家臣一同がまとまるのでしょうか？」

「西からは、織田・徳川が迫り来る。東からは、そなたの実家の北条家が攻めて来る。味方は北の上杉だけだ。この状況を打開するには、新しい城を築く他あるまい」

勝頼の話を聞いた北条夫人は、大皿にのせてある〝栗きんとんと昆布巻き〟を小皿に取り、勝頼のお膳にのせた。

「せめて私が武田家と北条家の〝懸け橋〟になれば良かったのですが、お役に立てずにすみません」

「そなたのせいではない。わしが全ての敵を追い払ってやるから心配するな」

勝頼はこの時、三十五歳。北条夫人は、十七歳だった。風魔小太郎も三十七歳で武田勝頼とほぼ同い年である。

勝頼は長篠の戦いでは負けたが、武田の領土を信玄の頃より拡げていた。偉大な父にも負けず劣らず立派な武将であった。

勝頼敗走

新府城は秋に完成した。その年の年末、十二月に勝頼は、古府中の躑躅ヶ崎館から新府城（韮崎《にらさき》）に本拠地を移した。

引っ越し後、勝頼は新居で自身のゆかりの地である天目《てんもく》より、そば粉を水で溶いて薄く伸ばして細く切った〝蕎麦切り〟を取寄せ、食べた。勝頼は、この新城で細く長く生き延びたいと思っていた。

勝頼は、東の北条家に対抗するために、さらに東の常陸《ひたち》（茨城）の佐竹氏、安房《あわ》（千葉南部）の里見氏との同盟を結んでいた。

勝頼なりにできることをしてきた。

しかし、東隣の北条家を敵にしたことが、武田氏の滅亡を招くことになったのである。

北条家に頭を下げて、同盟を復活させるべきであった。勝頼は謙信と同じく、戦術面や現場を率いる力はあったものの、信玄のように大局で物事を見るという戦略策定能力が足りなかったのである。

まずは、北条と和睦して、西の織田・徳川に対して全力を注ぐべきであった。

勝頼の決断が小太郎の想い人、杏の運命を分けることになる。


勝頼は、この年の春、徳川に攻められた味方の高天神城《たかてんじん》に対して、援軍を送らなかった。

そのため高天神城の武田軍は落城し、見殺しにされた。

この頃、勝頼は織田との和睦を模索していて、援軍を送らないことは、織田信長を刺激しないための苦渋の選択だった。しかし、この行動が、部下の気持ちが勝頼から離れた決定的な原因となった。

「勝頼公は、味方が窮地に陥っても助けに来てくれない」

武田家中に悪評が広がった。

さらに、新しく築いた新府城の建設費用の負担にも不満が出ていた。

幾つかの要因が重なり、武田家は滅亡するのである。


一五八二年二月、勝頼の妹婿である親族の木曽義昌《きそよしまさ》が織田軍に寝返った。

それを好機と捉えた織田信長は、武田家壊滅に向けて、一気に動いた。

朝廷には、武田討伐の許可をもらい、大義名分を得る。そして、三ヶ所から同時に武田領を攻め込ませた（信長が指示をしていない、北条軍を含めると四ヶ所）。

信長の長男、織田信忠《のぶただ》に伊那《いな》から、織田軍の金森長近《かなもりながちか》には、飛騨《ひだ》（岐阜北部）から、同盟国の徳川家康には、駿河から侵攻させた。徳川の同盟国の北条氏政には、武田攻めの連絡はなく、北条は独自に情報を入手し、伊豆から武田領に攻め込んだ。

一族の裏切りで混乱していた武田軍は、信長の一斉攻撃に立ち向かう気力が無かった。

さらに悪いことは重なるもので、二月に浅間山が噴火する。朝敵となった武田軍に織田軍が攻め込んできた時期と重なり、この噴火を不吉の前兆だと捉えた武田軍は完全に動揺し、勝頼を見捨て逃げだした。

織田連合軍は、ほとんど抵抗を受けることなく、新しく本拠になった新府城に進軍した。

唯一抵抗したのは、勝頼の弟、仁科盛信《にしなもりのぶ》が籠城する高遠《たかとお》城のみであった。

三月一日、武田家親族で一門筆頭である穴山梅雪も徳川家康に寝返る。梅雪は、母が信玄の姉であり、妻は信玄の娘であったにも拘わらず。

三月三日、勝頼は、新しく築いたばかりの新府城に火を点け、敗走した。

勝頼一行は、敗走先を家臣の真田昌幸が守る岩櫃《いわびつ》城（群馬）にするか、小山田信茂《おやまだのぶしげ》が守る岩殿城《いわどの》（大月）にするか迷ったが、小山田を信じて岩殿城に向かうことにした。

この時、一万五千人いた兵は、七百人にまで減っている。

勝頼は最後まで諦めずに、信頼できる親族の小山田の居城、岩殿城に籠り再起を図ろうとしていた。

椎名杏と純蓮を含めた七百名の武田軍は、僅か一日で甲府盆地を走り抜け、夕方、武田氏ゆかりの寺に宿泊した。

翌朝、小山田は、自分の母を人質に差し出し、迎え入れる準備のため、一足先に岩殿城に向けて出発した。

遅れて勝頼一行も、同じく岩殿城に向けて出発する。この時、共に移動する味方は、二百人にまで減っていた。その日の夜、笹子峠《ささごとうげ》の麓で宿泊し、小山田の出迎えを待った。

六日には、古府中が織田信忠に占領され、武田に味方した武将は、捕らえられ処刑された。

勝頼は、笹子峠の麓で小山田が来ることを待っていたが、小山田は到頭《とうとう》姿を現さなかった。

さらに人質になっていた小山田の母は、小山田の家来によって連れ出されていた。

勝頼は、頼りにしていた親族の小山田にも最後の最後で裏切られたのである。

一方、岩櫃城に向かっていた真田昌幸は、勝頼を迎えるべく、最後まで勝頼に忠義を尽くした。

小山田ではなく、真田を頼っていれば、勝頼の命は長らえたのであろうか。

三月十日、勝頼が小山田の謀反を知った時、従者は、四十三人であった。杏と純蓮は、最後まで勝頼一行に従った。そこには、勝頼の正妻である北条夫人も毅然とした態度で残っている。

勝頼は、ここで最後の決断をする。潔く戦い散る場所として、武田家先祖の墓がある天目《てんもく》山栖雲寺《ざんせいうんじ》を死に場所と定めたのである。

天目山を死に場所にと進言したのは、側近の土屋昌恒《まさつね》であった。

潔く散ると決心した勝頼は、初鹿野《はじかの》から日川《ひかわ》の峡谷に沿って田野《たの》に午後到着した。

天目山《てんもくざん》

勝頼一行は、さらに進むと勝頼を裏切った小山田の軍が待ち構えているとの情報を得た。小山田信茂は、勝頼の親族でありながら、主君が苦境に立たされている最後の時に裏切り、さらに主君に刃を向けて来たのである。

この絶体絶命の時に対しても諦めない勝頼は、その場にあった路傍の石に腰掛け、どちらの敵に進むべきか思案した。

北の天目山を目指せば、裏切り者の小山田の軍勢と戦うことになる。日川の下流、南に戻れば、追撃して来る織田軍と戦う。

勝頼は、上流の栖雲寺に行くことを諦め、田野に戻りここを死に場所と定めた。

杏も最後まで北条夫人に従って行くことを決意する。

翌十一日、山に霧が漂う中、勝頼は織田軍武将、滝川一益《たきがわかずます》の軍と最後の戦いをした。

戦いの前、勝頼は、息子の武田信勝《のぶかつ》に家督を譲る儀式を行った。辺りは雪が残り、寒気が厳しかった。

武田家最後の当主となった勝頼の息子の信勝は、鉄砲で撃たれ、土屋に介錯《かいしゃく》され自刃した。信勝は、十六歳であった。

信勝の最期を見届けた勝頼の正室、北条夫人も十九歳の若さで自刃した。倒れた北条夫人の近くで勝頼も自刃した。三十七歳であった。勝頼を介錯した土屋も自刃した。

この戦いで土屋は、狭い崖道で織田勢を迎え撃った。左手で藤蔓を掴み、崖下に落ちないようにし、もう一方の右手で戦い続けた。

後に「片手千人斬り」との異名が付く。土屋は二十七歳であった。

北条夫人に従っていた侍女十六人も日川に身を投げ、武田家は完全に滅んだ。

最後に裏切った武田家親族の小山田は、主君を裏切ったことを咎められ切腹を申し付けられた。

武田を完全に滅ぼしたことを確認した織田信長は、四月、古府中に入る。

そこで、武田家の家臣をかくまった恵林寺を焼く。武田領の処置を終えると、富士山を見物して安土城に帰った。

徳川家康は、降った穴山梅雪を連れて、戦勝祝いに安土城に行く。そこで明智光秀の接待を受け、堺を見物していた時、本能寺の変が起きた。

織田信長が、家臣の明智光秀に討たれたのである。

徳川家康は、堺から伊賀を越え、命からがら三河の岡崎城に戻る。家康と離れて移動した穴山梅雪はこの時、土民に討ち取られた。

家康はピンチの時、強運を発揮した。その強運で後に天下を取ることになる。甲賀忍者や伊賀忍者を使って、山中を無事に通り越えた知恵と実力もあった。家康に随行していた人数は、勝頼の最期より少ない三十四人であった。

天下統一を目指した織田信長は、武田家滅亡から、僅か三ヶ月後に亡くなったのである。

救出

五代目風魔小太郎は、絶望の内に足柄の風間村の自分の館にいた。

隣の館の救護部屋には、武田の最期の戦いから連れて来た椎名純蓮が、まるで三日三晩寝ていなかったかのように、疲れ果てた状態で寝ている。

——あれは、悪夢に違いない。

小太郎は、今まで起きた惨劇を虚ろな目で思い返していた。

この武田征伐に対して、風魔一党も北条軍として出兵していた。北条軍は、徳川と同盟しており、武田とは敵同士だった。

風魔一党は、伊豆から武田領に侵入した北条氏政の軍にいる。

――武田軍の中には、武田くノ一がいる。杏は、くノ一の頭目で、北条夫人の付き人だ。何としても救わなくては。

小太郎は戦国最強の武田軍が、ここまで脆く崩れ落ちるとは思ってもいなかった。次々と届く戦況報告に、小太郎は焦りを感じていた。

――杏と純蓮は、どこにいる？　このままでは、武田軍は壊滅してしまう。早く救出しなければ、命が危ない。

小太郎が率いる風魔一党は、あくまで武田の敵である。表立って、武田の味方をする訳にはいかない。小太郎は考え、自分一人で杏と純蓮を救出することにした。

九人の上忍にそのことを伝えると、九人全員が、

「自分たちも連れて行って下さい」

とせがむのであった。特に孤児の館〝一体館〟で杏の幼少期を知る上忍の臨太郎は、涙ながらに訴えた。

「何としても、杏殿と娘の純蓮殿をこの風魔の里に連れて来ましょう！」

「全員で行っては、風魔を率いる人がいなくなってしまう。仕方がない。闘次郎と者太郎の二隊を使わせてもらおう。臨太郎は残り、俺が万が一の時は、風魔を率いてくれ」

闘次郎、者太郎の隊の四十人と風魔小太郎の合計、四十一人の忍者が杏と純蓮の救出部隊に選ばれた。

闘次郎は強力な鉄拳を武器にし、者太郎は吹矢を使った暗殺が得意だった。

二人は風魔の中で一、二を争う〝兵《つわもの》〟である。

「準備はいいか。闘次郎、者太郎行くぞ！」

杏の情報というより、武田勝頼の居場所を掴んだ小太郎一隊は、武田が新しく築いた新府城へ一目散に向かった。

「早く、杏と純蓮を助け出さなければ」

戦況は益々、武田軍に不利になっていた。

一族の裏切りに始まり、朝敵になったこと、四ヶ所から同時に攻められたことなどにより、戦国最強の武田軍は、織田・徳川・北条軍に対して、手も足も出なかった。

「クソッ。こんなに早く武田が追い詰められるとは。どうか無事でいてくれよ」

安否が不安で仕方がない気持ちを抑えても、逸る気持ちが小太郎を突き動かす。不安で涙が込み上げるのを必死で堪える。

情報によると、武田勝頼は新府城に火を点け、東に向かって敗走している。勝頼に付いて行く人数は数百人足らずだと、小太郎は偵察に行った風魔忍者から聞いた。

その中には、北条夫人を始め、武田くノ一のメンバーがいる。もちろん、杏と純蓮もいるだろう。

「闘次郎、者太郎、皆の者、力を貸してくれ。頼む」

小太郎は、悲愴な声で救出に連れ添う風魔忍者に伝えた。

「勝頼一行は岩殿城を諦め、天目山を目指すようです。もしかしたら、そこを最期の場所と定めて、全滅するかもしれません」

日々目まぐるしく変わる情報を収集していた風魔忍者から、小太郎は報告を受けた。最悪のことを考えながら、希望の光を求めていた。

「全員でそこに行こう。激しい戦いになるかもしれない。覚悟は良いか」

「おお！　覚悟はできております」

小太郎に付いてきた風魔忍者は、気合の入った声で応えた。

三月十一日、勝頼一行は、天目山手前の田野で最期の時を迎えていた。

勝頼に従う家来は、北条夫人の侍女を入れても四十人程しかいなかった。追手の織田軍の滝川一益に迫られ、全滅寸前であった。

武田軍は勝頼の最期に花を添えようと、一人が百人倒す勢いで奮戦していた。

特に若武者の土屋昌恒は、崖の上で蔓を掴みながら、片手で千人倒す活躍をする。

土屋によって日川に突き落とされた千人もの織田軍の血で、川は赤く染まり、三日間もその色を失わなかった。この川は「三日血川《みっかちがわ》」と呼ばれ、土屋の「片手千人斬り」の逸話を語り伝えた。

小太郎率いる風魔忍者、四十人が戦場である田野に着いた時、土屋が一人気を吐いている場面だった。川が血で染められ、戦闘の激しさを物語っている。

慌て急ぎ戦場に着いた風魔忍者たちは、すぐさま織田勢滝川軍の動揺を誘う。

「勝頼公をお助け申す！　ここに二千人の武田の援軍が到着したぞ！」

大声で上忍の闘次郎が叫んだ。

武田の兵に成り済ました四十人の風魔忍者も気勢を上げた。

「我々が来たからには、滝川の軍は全滅するぞ。命が惜しいものは、今すぐここを立ち去れ！」

「血で川を染める前に、滝川軍は早々に退却せよ！」

奇声と同時に、四十人の忍者は、全員一斉に手裏剣を滝川軍に浴びせかけた。

ドドッ！

滝川軍の兵たちは、急所にその手裏剣を受け、一斉に倒れた。

上忍の者太郎は、風魔忍者に命令をする。

「続けて、十連続攻撃だ！」

その指示を受け、風魔忍者たちは、また一斉に手裏剣を投げる。それを十連続した。者太郎も得意の毒の付いた吹矢で次々と織田軍を倒す。

ドドッ！　ドドッ！

滝川軍は、一気に四百人余りの死者を出した。

「新手が現れた！　気を付けろ」

滝川一益は、身を低く構えるように部下に命令する。警戒した滝川軍は、武田軍への攻撃を一時的に停止した。

滝川軍の攻撃が怯んだ隙に、風魔小太郎は厳しい目をして、武田勝頼の前に出た。

「勝頼様、北条の風魔小太郎でございます。北条夫人と付き人の武田くノ一の方々、侍女の命をお救い下さい！　我々が、北条家までお届け致す！」

「それは有り難い。我々、男はここで自害するつもりだ！　女性は巻き添えにしたくない。

風魔殿お頼み申す！」

勝頼がそう言った時、勝頼の息子の信勝は既に鉄砲で撃たれ、瀕死の状態であった。

その時、勝頼の後ろに控えていた正室の北条夫人が凛とした声で言った。

「先年、我が兄の景虎が危急の時、景虎の味方をするように嘆願したにも拘わらず、勝頼様は私の意見を聞き入れてくれませんでした。今更、命が惜しいと何の面目があって小田原に帰れましょうか」

北条夫人はそう言うと、北条家の本拠地、小田原に戻ることを拒否した。

勝頼は、

「是非もなし」

と言い、「片手千人斬り」をして、勝頼の元に戻っていた土屋に、息子信勝の介錯を頼んだ。

武田家最後の当主、武田信勝は自刃し、土屋が介錯をした。

それに続いて、北条夫人も辞世の句を詠み、自刃した。辞世の句は、

「黒髪の乱れたる世ぞ果てしなき　思いに消ゆる露の玉の緒」

北条夫人はこの句を詠み、自分の髪を少し切ると、婚姻当初から北条夫人に付き従っていた家来にその髪を渡し、最期にこう言った。

「この髪を実家の北条家に届けるように」

北条夫人の自刃を見届けた勝頼は、自分の介錯を土屋に頼み、自身も自刃した。

風魔忍者が、十連続の手裏剣を滝川軍に打ち込み、滝川軍が怯み戦闘が一瞬停止した間に、次々と衝撃的な結末が起きた。

惨劇が起こる中、風魔小太郎たちは、勝頼たちの命を懸けたその気迫に押され、一歩も動くことができなかった。

愕然《がくぜん》と武田家の顛末を見届けていた時、

「杏と純蓮はどこにいる！」

虚ろな目をした小太郎は、急に我に返った。

北条夫人の侍女たちは、夫人と主君の勝頼、信勝の死を知り、日川に身を投げているところであった。

よろめきながら川に近づく小太郎は、その侍女の中に純蓮を見つける。

二十四歳である純蓮は身を投げる侍女の一番後ろの列にいて、まだ川には入っていなかった。

先頭の列にいた侍女たちは、既に川の中に入って沈んでいた。

「純蓮、俺だ！　尋一だ」

身が引き裂かれる想いで、小太郎は頭目になる前の名前で純蓮に呼びかけた。

敵に囲まれ、主君も亡くし、もはやこれまでと思い、他の侍女と共に川に入水しようとしていた純蓮は、ハッと息を吹き返したように、意識を取り戻した。

「尋一さん。夢じゃないよね！　私、死にたくないの！」

先程まで能面の表情をしていた純蓮の頬に赤みが差してきた。

「今すぐ助けに行くから、そこを動くな」

小太郎は、素早く日川の川べりに移動し、純蓮を抱え上げた。その抱えた手は、ブルブルと震えている。

「母の杏は、無事か？」

小太郎は、抱きかかえた純蓮に、切羽詰まった表情で聞いた。

憔悴していた純蓮は、無言で首を横に振る。

「杏はここにいないのか？　どこにいる？」

顔面蒼白の小太郎は、抱いている純蓮を揺さぶり、必死になって聞いた。

「母は、滝川軍の鉄砲に撃たれて亡くなりました。本陣にいた北条夫人の盾になったのです」

悲しい表情で、純蓮は消え入るような声で答えた。

小太郎は、身体から力が抜けていくのがわかった。純蓮を抱いていた手を緩め、頭が真っ白になる。

側にいた部下に純蓮を預けると、足早に武田の本陣跡に向かった。その足取りはふらついている。

杏は、北条夫人が亡くなった場所の前方に倒れていた。

「杏。杏。生きているか？」

必死の思いで小太郎は、杏の身体を揺すって呼びかけたが、返事は無かった。

一時的に止んでいた滝川軍が、また攻撃を再開し武田本陣跡に迫る中、小太郎は攻撃にも目もくれず、ただただ杏を救いたい一心で背に担ぎ、風魔忍者に撤退の指示を出した。

皆がその様子に愕然としている中、小太郎だけは、幽鬼のように彷徨《さまよ》っていた。

小田原征伐

小太郎は風魔の里で全員を集めて、杏の葬儀を執り行い、風間谷のほとりに杏のお墓を作った。杏の亡骸を見ても、その死を受け入れることができない。愛する人を失った悲しみに向き合うことができなかった。

唯一の肉親であった母を見送る純蓮も、痛烈な虚無感に苛《さいな》まれていた。

風魔の里の人々は、純蓮に対して優しかった。しかし、純蓮は小太郎以外、知る人がいない。

昔からいる風魔の里の人たちは、純蓮に母の杏が子供の頃、この風間村で過ごしたことなどを話してくれた。

けれど純蓮は、どこか上の空だった。

純蓮と杏は、親子というより親友のような関係だった。

純蓮の父、鳶加藤は、純蓮が二歳の時に亡くなっていて、姿を見たことも無い。

父親がいない純蓮が頼れるのは、母の杏と武田くノ一の仲間だけだった。風魔の里も同じ忍者集団であるが、一緒に過ごした年月が違い過ぎた。

小太郎は、そんな疎外感に包まれている純蓮に寄り添い続けた。


時が流れ、母、杏の死から七年が経つ。

純蓮は、心の傷も少しずつ癒え、風魔の里の皆とも打ち解けて来た。

どんなに辛いと思うことも、時が解決するのである。

純蓮は、本来の明るい性格を取り戻していた。純蓮には、母の杏と同じく頑固な面があるが、それを上回る皆を惹き付ける人望があった。

ある時、傷心している自分にどこまでも優しく寄り添う小太郎に向かって、純蓮は話した。

「母が敵の鉄砲に撃たれて亡くなる瞬間に、こう言ったのです。『私は、尋一を愛していた。こんな私を許してと尋一に伝えて』。やっと、この言葉を伝えられました」

今まで杏の死に対して、涙を見せなかった小太郎が一粒の涙を流した。その涙が大河の一滴となり、堪えていた感情を爆発させた。小太郎は純蓮の前で、号泣した。杏の想いを聞き、心に痛烈な痛みを感じた。

泣きながら、孤児として共に暮らした幼少期の杏との日々を思い起こす。

——修行の前に精神集中するために、「臨兵闘者皆陣列在前」と共に唱えた九字。手先と足先だけで壁を登る修行。身の丈より高い屋敷の塀を乗り越える術や、バランスを保ちながら素早く渡った縄渡り修行。転んで倒れる尋一を杏は、笑いながら応援した。「手裏剣は投げるのではなく打つのだよ」と教えてくれたこともある。そんな頼りがいのある彼女を好きになった。下忍として一人前になった時、四代目頭目が、杏を許嫁として尋一に嫁がせることを決めてくれた。その時の喜びは、どれ程だったか？　初陣前に星空の下、一体館の外で、二人で見上げた北極星。さらわれた杏を探しに必死に荒野を駆けた日々。くノ一養成所で一度だけ会えた幸運。その時もらった、忍者頭巾と愛という言葉。杏が武田家の滅亡と共に亡くなり、風魔の里まで背負った重み。

感情を露わにして泣く小太郎に、純蓮は心を開くようになっていく。

一方、純蓮の辛い思いを癒した七年の月日は、北条家にとっては冷酷だった。時は戦国の世、弱肉強食の時代である。特にこの時期は、群雄割拠というより、ある人物による天下統一の集大成に向かっていた。

その人物とは、豊臣秀吉である。

秀吉は、謀反にあい亡くなった織田信長の後を収拾した。明智光秀や柴田勝家を破り、さらに徳川家康をも臣下に迎えていた。

名門の上杉家、毛利家も服従させ、四国の長宗我部《ちょうそかべ》氏、九州の島津氏の領地も攻め取った。

残る強敵は、関東の北条家と陸奥の伊達家のみとなった。

秀吉は、五代目北条家当主、北条氏直《うじなお》と四代目元当主の北条氏政に臣従するように上洛を促した。

五代に渡る誇りと関東での強力な地盤を持っていた北条家は、その申し出に応じなかった。

一五九〇年、ついに両者は戦争状態になる。

天下統一を目指す豊臣秀吉が二十一万余もの兵を連れて、北条家を攻め滅ぼしに来た。北条と同盟を結んでいた徳川家康も敵にまわり、陸奥の伊達も豊臣に臣従した。仇敵の上杉家も豊臣側で、日本国中の全てが敵になったのである。

北条家は孤立無援の中、本拠地の小田原城で豊臣軍を迎え撃つことにした。五万の兵を集めた北条軍は、その兵のほとんどを総構えが九キロに及ぶ、巨大な小田原城に籠城させた。この城は、天下無双の上杉謙信や戦国最強の武田信玄の攻撃にも落ちなかった難攻不落の城である。北条軍は、今回の豊臣軍の攻撃も撃退できると考えていた。

北条五代の滅亡

風間村にいる風魔一党にも、北条家から出陣命令が下る。

北条の作戦は、精兵を本拠地の小田原城に集めて、籠城するというものであった。

五代目頭目の風魔小太郎の元に小田原からの使者が来た。

「全ての兵を小田原城に派兵するように」

使者の命令を受け、小太郎は九人の上忍を集めた。

「ほぼ全軍を小田原城に派兵させる。上忍八人の組、計百六十人を連れて行く。ただ今回の戦いは、この足柄も戦場になるかもしれないので、在次郎の隊はここに残す。四代目を始め、残る者は風間谷の奥深くに潜み、敵に見つからないようにしてくれ」

小太郎の言葉を聞いた七十歳の四代目風魔次郎太郎は、

「わしと古参の在次郎を含めて残った者は、誰も知らない足柄山中に隠れるから心配するな。ただ純蓮は、小田原城に一緒に連れて行ってあげろ」

「わかりました。四代目、どうかご無事で！」

足が悪く動けない四代目の移動を助けるために、小太郎は、若い在次郎の隊二十名を風魔の里に残すことにした。若い在次郎は、古参の在次郎に代わって、新しく上忍になった者である（同じ名前を引き継いでいる）。

「古参の在次郎に若い在次郎、二人で四代目をしっかり守ってくれ！」

「かしこまりました」

九十二歳の在次郎と二十九歳の在次郎は、声を合わせて答えた。九十二歳になっていた在次郎は、相変わらず太っていたが、矍鑠《かくしゃく》としていた。

十五万の豊臣本軍の先鋒七万の軍は、箱根の手前にある北条軍の前線基地、山中城を半日で落とす。

北方からは、前田、上杉家を中心とした三万五千の兵が北条領に攻撃を始めた。

その他、佐竹家を中心とした関東の軍、約二万、海からも水軍、約一万で攻撃させ、豊臣軍は各地で北条領を蹂躙した。

豊臣軍の攻撃は三月から始まり、箱根の山中城が陥落したため、本拠地の小田原城は、四月、全面的に包囲された。

その間、豊臣軍の別働部隊によって、北条方の城は次々と落とされた。

小田原城以外で徹底抗戦し、長期間抵抗した城は、伊豆の韮山城と関東の忍城《おしじょう》だけであった。

小田原城では、当主の北条氏直と先代の北条氏政を中心に重臣たちとの評議が度々、開かれていた。

「このまま豊臣軍が撤退するまで、徹底抗戦すべし」

「いやいや、もはやこちらに戦う気力はない。有利な条件で講和すべきである」

この一向に結論がでない会議や評議のことを後の人は、「小田原評定」と呼ぶことになる。豊臣秀吉は、いつもの奇抜なアイデアで、北条家にとどめを刺す策を考えた。それは、小田原城すぐ西の笠懸山《かさがけやま》に城を築くことであった。

石垣山城と呼ばれたこの城を、秀吉は僅か八十日で完成させた。石垣山城は、天守を備えた総石垣の本格的な城であった。

秀吉は、石垣山城で連日茶会を開いた。

「ハハハ。敵の小田原城を見下ろしながらの茶会は誠に愉快じゃ。そうであろう、淀の方」

秀吉は、自分の側室の淀の方も城に連れて来ていた。

各大名にも長陣で退屈しないように、女房を呼ばせた。戦場であるにも拘わらず、能役者を呼び、茶人の千利休《せんのりきゅう》に茶を点てさせた。

毎日がお祭り騒ぎであった。秀吉は、皆で騒ぎ楽しむことが大好きだった。

この徹底的な持久戦の覚悟に、北条方も観念し、降伏を申し出た。

当主の北条氏直は、降伏するために小田原城を出る時、本丸に植えてある巨大な松の木に話しかけた。

「この木は樹齢百年になる。初代の早雲様が小田原を本拠地にして百年。理想の国づくりのために何百年もこの木と共に過ごしたかった」

北条方は小田原城で三ヶ月籠城したが、七月、ついに豊臣の軍門に下った。
四代目の北条氏政は切腹、五代目の北条氏直は高野山《こうやさん》への謹慎処分が言い渡された。
氏直は高野山への謹慎から一年後に病で亡くなった。

ここに五代百年の歴史を持つ北条家は終焉を迎えたのである。この戦いの余波は、主の滅亡という形で風魔一族の前に現れた。

氏直は亡くなる三ヶ月前に秀吉に許され、一万石の大名に復活した。しかし、疱瘡《ほうそう》で突然亡くなる。その遺領は、氏直の従弟が継ぎ、北条家は幕末まで存続した。

北条家は、戦国の世にあっても親兄弟争うことなく、力を合わせ理想の国づくりに邁進した。その理想とは、民の財産と生命がまさに穏やかであるようにという意味の言葉、〝禄寿《ろくじゅ》応穏《おうおん》〟である。

歴代の当主は、この言葉を入れた虎の印判を使い、理想の実現を片時も忘れなかった。

解散

一五九〇年七月、小田原城で籠城していた風魔一党は、北条方の豊臣への降伏により、主君を失う。

一方、故郷の風間村は、豊臣方の徳川家康家臣の井伊直政《なおまさ》によって攻め滅ぼされていた。

開城が決まった小田原城三の丸にある幸田門《こうだもん》近くの宿舎で、五代目風魔小太郎は、部下の忍者たちに挨拶をした。

三の丸をぐるりと囲む土塁には、人の背丈程の夏草が生い茂っていた。

「皆の者、見ての通り五代百年に渡って我々風魔一党が仕えた北条家は滅んだ。これからは、各自が好きな主君に仕えるが良い。今まで支えてくれてありがとう」

小太郎は、皆の前で深々と頭を下げた。

「頭目。我々はどこまでも頭目に付いて行きます。風魔は、ここで解散せずに次の活動先を考えましょう」

上忍の皆衛門が言った。

皆衛門はこの時、五十七歳。風魔上忍たちは皆、歳を取っていた。若かった小太郎も四十六歳になっている。

「次の活動か。俺はもう歳だ。どこか平和な所で隠居するよ」

普段は寡黙な列衛門が珍しく口火を切った。

「列衛門。歳だなんてまだ六十歳だろ。まだまだ働けよ。俺は引退するけど」

七十三歳で生涯、楽天家であった前衛門が応える。

「次のことより、足柄に隠れていた四代目と在次郎たちは大丈夫か？　四月に徳川四天王の井伊にあの辺りは征服されたが、その後、四代目から連絡は来ているか？」

いつもは、おちゃらける臨太郎が心配そうな顔をして聞いた。

「そうだな、何も聞いていない。無事でいてくれると良いが」

冷徹な兵衛も慌てふためく。

「よし、わかった。俺はこれから発展する江戸に潜み、次の活動を考える。俺に付いて来たい者は、付いてきてくれ。先程も言ったが、他に仕官したい者、引退する者は自分で自分の進退を決めてくれ！　四代目のことは、引き続き情報を集める」

小太郎は上忍たちの話を聞き、風魔一党の去就を決めた。

「ここで別れる者は、会うのは今日が最後の日になる。皆に言えなかったが、俺は純蓮と婚姻することにした」

小太郎は、照れながら皆に話した。

「そうなのですか！　おめでとうございます」

「頭目も隅に置けないですね。お幸せに！」

風魔忍者たちは、口々に祝福する。

行先が別になる者にとっては、最後の別れになる瞬間であった。

三ヶ月間籠城し寝泊まりした、小田原城三の丸宿舎で、風魔一党は別れを惜しみながら解散した。

小太郎と共に江戸に行くと決めた風魔忍者は、上忍五人を含めて総勢五十人であった。小太郎は、江戸で五十人が住む隠れ家を探すよう、人数が減った部下たちに命令した。

部下の探索の結果、小太郎たち風魔忍者五十人は、江戸の東にある妙覚寺の近くに隠れ家を構え、表向きは餅屋を営むことにした。餅屋の名前は、〝雪見庵《ゆきみあん》〟と付けた。

雪見庵の西には荒川が流れている。

近くには清流があり、その清らかな水を使い、餅を作った。

餅は、米所の越後から送られて来たお米を使う。白く柔らかくモチモチした〝雪見餅〟が評判になった。

関東の北条氏を滅ぼした豊臣秀吉は、奥州（東北）も制圧し、天下統一を果たす。

秀吉は、その過程で各地の仕置きを行い、徳川家康に対しては、関東への〝国替え〟を言い渡した。

この国替えは、家康の元領地、三河・遠江・駿河・甲斐・信濃を没収し、代わりに関東二百五十万石の領地を与えるというものであった。

以前は、北条氏と結び秀吉に対抗した家康も、今は秀吉に対して、どこまでも従順であった。

小田原城の陥落から一ヶ月後の八月一日、家康は江戸城に入る。家康は、入城にあたって、敢えて吉日を選んだ。

こうした一つ一つの慎重な行動が、家康の運を増すことになり、後に天下を取ることにも繋がっていくのである。

家康の同盟者である織田信長の家臣で農民上がりの秀吉に対しても、自身の感情をコントロールして、怒りを決して表には出さなかった。

家康は信長や秀吉の陰に隠れ、目立たなかったが、稀代の苦労人であった。

家康の生き様が表れている遺言がある。

「人の一生は重荷を背負い、遠い道を行くようなものだ。急いではならない。不自由を当たり前と思えば、不足を感じることはない。欲望が出て来た時は、困窮していた時期を思い出すと良い。耐え忍ぶことで、平穏無事が長く続く。怒りの感情は出してはいけない。勝つことばかりを知って、負けることを知らないと、害が自身に降りかかって来る。自ら誤りを認め、他人を責めてはいけない。足りないことは、もらい過ぎより勝っている」

家康は新しく本拠地を江戸に定め、江戸を開発し、発展させていった。

直江状

小田原征伐から八年後の一五九八年八月、戦国の世を統一した豊臣秀吉は亡くなる。秀吉の跡継ぎである豊臣秀頼《ひでより》は、僅か満六歳の幼子であった。

幼子が政治を行うのは無理である。五人の大老と五人の奉行の合議により政治を行うことになった。

豊臣家の家臣は、大老である徳川家康の派閥と奉行である石田三成の派閥に分かれた。

家康と三成が対立してから一年経った頃、一六〇〇年六月、風魔小太郎が隠れ家としている餅屋〝雪見庵〟に一通の手紙が届いた。

小太郎と純蓮は十年前に江戸に移り住み、餅を作りながら幸せな日々を送っていた。

小太郎と共に江戸の隠れ家に住んだ風魔忍者五十人は、荒川付近の妙覚寺周辺に分散して暮らしている。

小太郎と純蓮と共に餅屋を営むのは十人程である。

ある者は魚をてんびん棒でかつぎ売り歩き、ある者は大工や左官の下働きとして勤めた。

江戸の町はどんどん発展し、人口も増えて行ったため、大工は忙しかった。

また、ある者は飛脚として働き、各地の情勢を小太郎に伝えた。

残念なことに四代目風魔次郎太郎と古参の在次郎、若い在次郎の行方は未だにわからなかった。

戦国の世を生き抜いてきた四代目は、きっとどこかで生きているであろう。しかし、何も連絡が無いことは、井伊の軍勢によって全滅させられたのかもしれない。

小太郎は、この十年間、四代目を探すために何度も風間村や周囲の山々を探し歩いた。

時には一人で、ある時は純蓮と、またある時は部下たちと一緒に探した。

小太郎たちは四代目を探しに行く時はいつでも、風間谷にある杏のお墓に欠かさずお参りをした。

お墓を作った時には、気がつかなかったが、お墓の近くには小さな滝があった。

小太郎と純蓮の間には、九歳になる娘の樋口紗里《ひぐちさり》が生まれていた。

紗里は、祖母にあたる椎名杏や母の樋口純蓮に似て、頑固だが人気者であった。

さらに、創造力が豊かで手先が器用だった。父は風魔小太郎であるが、紗里は餅屋の雪見庵では、小太郎のことを旦那様と呼ぶ。

仕事が終われば、呼び名は父上に変わる。

「旦那様、表にお客様が来ています。これを渡して欲しいと」

下働きとして働いている紗里が、店の奥の部屋にいる小太郎に、男のお客から預かった手紙を渡した。

「お客様、お茶でも飲んでお待ち下さい」

紗里は、男のお客に店の中にある椅子を勧めて言った。

紗里の出したお茶を飲むと、男はお礼を言い、雪見庵を後にした。

小太郎は、手紙を眺めていた。手紙を包んでいる紙の表には、〝愛〟と書いてある。

「愛！　あの御方からの手紙だ」

そう言いながら、小太郎は書かれてある内容を読んだ。

「親愛なる風魔小太郎殿。この度、上杉家と徳川家が戦争になります。是非、ご加勢をお願い致します。一六〇〇年六月、直江兼続」

直江兼続からの手紙であった。

兼続は上杉家の筆頭家老であり、上杉家の全てを取り仕切る。上杉家当主、上杉景勝は、兼続に全幅の信頼を寄せていた。

兼続と小太郎は二十一年前、斎藤の勧めにより春日山城で会った。

小太郎が五代目風魔頭目になる直前である。二人の純真無垢な性格や与えられた共通の課題、〝愛を探求する〟ことから、親友になった。

お互い違う立場で離れて活動しているが、手紙のやり取りを通して、交流をしていた。

小太郎の愛する人の椎名杏が亡くなったと兼続が知った時には、お悔やみの言葉を手紙で伝えてくれた。

直江兼続は、豊臣家に忠義を尽くさず我が物顔で振舞う徳川家康に対して、一世一代の勝負を仕掛けていた。

豊臣政権は、今や徳川家康が取り仕切り、豊臣政権の実力者である石田三成は失脚させられていた。

家康は自身の権力を増すために、豊臣政権の家臣を次々と味方にする。息子や養女の婚姻を通して、武闘派の武将を取り込んだ。

その後、家康と同じ大老の前田家を、策略を使い屈服させた。

次の標的は、同じく大老の上杉家であった。


この頃、上杉家は越後から会津に転封したばかりで、新しい領国経営のために街道の整備や新しい城の建設など軍事力の増強に乗り出していた。

家康はこの情報を利用し、上杉家が謀反を企てていると口実を作り上げた。

家康の上杉家に対する詰問に対して、返答したのが、直江兼続である。

兼続は天下の実力者である家康に対して、一歩も引かず、堂々と持論を展開させた。

「上杉景勝に逆心は無く、武器を揃えることは田舎武士である我々の流儀。上方の武士が茶道具を揃えているのと同じである」

この兼続が家康に送った書状が、〝直江状〟である。

一六〇〇年六月、徳川家康は上杉家を討伐するための軍を起こした。上杉軍は、三万の兵で徳川家康率いる十万の軍勢を迎え撃つことになった。

三成挙兵

小太郎は雪見庵の奥の部屋で、一日の接客を終え、一息ついている純蓮に声をかけた。

「今日も販売お疲れ様。餅の売れ行きはどうだった？」

「今日も良く売れましたよ。やっぱり一番人気は、モチモチの雪見餅ですね。これから暑くなって来るから、雪見餅の代わりに夏用の商品、くず餅に替えて行かないと」

「この十年で純蓮は、すっかり商人になったな。今ではすっかり、お客さんの人気者だね」

「旦那様がしっかりと店を管理しているからですよ。アハハハ。あ、もうお店閉めたから、小太郎様と呼べばいいか。ハハハ」

純蓮は、子供の紗里を育てながら、十人の風魔忍者と共に雪見庵を切り盛りしている。


この妙覚寺近くには、雪見庵の他にも麺を提供する食事処や金魚や鯉の養殖業者、塩を扱う店、眼医者、手拭いを作る工房など商売を営む町人がたくさんいた。

店や工房を結ぶ街道沿いには、ハナミズキが植えられている。

浴衣地が二階に天日干しされている、浴衣を作る工房もあった。

江戸は、家康が治めて以来、賑わい、活気づいていた。天下泰平とは、このような光景を言うのかもしれない。

小太郎は茶箪笥の棚から、兼続から届いた手紙を取り出し、純蓮に見せた。

「純蓮。直江兼続様からこのような手紙が届いた。知っての通り、俺が風魔五代目頭目になる前に越後で会って以来、何度も手紙のやり取りをしている。俺より十六歳年下だが、若い頃から頭角を現し、上杉家筆頭家老になっている。兼続様も若いと言っても、もう四十歳だが。ハハハ。純蓮、どう思う？」

小太郎も今年で五十六歳になっていた。今では、餅屋〝雪見庵〟の旦那として、町の人たちからも一目置かれている。

手紙を読んだ純蓮は、小太郎に伝えた。

「私に手紙を見せるということは、兼続様を助けたいという気持ちがあるのでしょ。店は私が仕切るから、兼続様の加勢に行ってきなさい」

純蓮は、小太郎よりもよっぽど胆が据わっていた。この幸せな生活は、仮の生活で、小太郎の本当の使命は、忍者として戦場で活躍をすることだと理解しているのである。

純蓮に背中を押された小太郎は、兼続の返書をしたためた。

「親愛なる兼続様。ご事情わかりました。この風魔小太郎、風魔一党を率いて上杉家に加勢致します。一六〇〇年七月、風魔小太郎」

小太郎は、返書を会津（福島）の直江兼続様に渡すよう、部下に指示をした。

この者は、普段は飛脚の仕事をしている上忍の兵衛である。

上杉の本拠地は、秀吉が亡くなる前に国替えを命令したため、越後の春日山城から、陸奥（東北の東側）の会津に変わっていた。

返書が直江兼続の所に届いた七月。家康は十万の軍勢を率いて江戸から上杉の本拠地である会津に向かっていた。

守る上杉家の兵は、三万。

謙信公以来の猛者が集まる上杉家といえども、兵の数では劣っている。兼続は優秀であるが、数々の修羅場をくぐり抜けて来た家康に勝てる見込みはあるのだろうか。

家康率いる十万の軍勢が小山まで来た時、窮地に立たされていた上杉軍に朗報が届いた。上方で石田三成が、大老の毛利家や宇喜多《うきた》家を味方にして家康討伐の軍を起こしたのである。

兼続は、三成の挙兵に対して、三成とは直接的にやり取りをしていない。しかし、三成の〝義〟を重んじる気持ちを読み取り、家康に対して兵を挙げることを予想していたのではないだろうか。

兼続も、〝義〟を重んじていた。それは、上杉謙信からの伝統であり、上杉家の家風であった。

〝義〟とは、自分の利害をかえりみずに、他人のために尽くすことである。

また、石田三成も太閤《たいこう》秀吉が亡くなった後の豊臣家を忠義で支えていた。

三成は、その豊臣家の地位を簒奪《さんだつ》しようとする家康を取り除かねばならないと感じていた。

兼続は上杉軍の劣勢という不利な状況にも拘わらず、家康に挑戦した。それは、三成なら必ず〝義〟のために立ち上がるという確信を持っていたからに違いない。

上方で起きた〝三成挙兵〟の情報を聞いた家康は、今後の体制を整えるために、上杉軍を攻めずに、江戸に戻ることにした。

家康は、東の上杉家三万、西の石田三成率いる約十万の軍に挟まれる形になったのである。

関ヶ原の戦い

小太郎は、兼続の指示で上方の石田三成軍を助けることになった。兼続率いる上杉軍は、江戸に戻った家康軍を追撃せず、後方の最上《もがみ》、伊達を制圧してから、江戸に向かう作戦を取った。

兼続からの依頼を受け、戦場に行くことになった小太郎は、純蓮と娘の紗里に雪見庵で別れの挨拶をした。

「石田三成様を助けるため、上方に向かう。無事戻って来るから安心してくれ。二人とも元気で。留守を頼む」

「戦場で風魔の力を見せてあげなさい。帰ってきたら、紅白のお餅を作るから」

女忍者のくノ一養成所で育った純蓮は、戦場に行くと聞いても動じなかった。小さい頃、純蓮は母の杏が戦場に出るのを何度も見送った。

「父上。ご無事のお帰りを待っています」

娘の紗里は、生まれてこの方、戦場というものを知らず、商売一筋で生きて来た。

しかし、母の純蓮の堂々とした態度を見て、自分も父を応援しなくては、という気持ちになっていた。

小太郎は江戸に潜んでいる風魔忍者四十人に声をかけ石田三成の軍に合流すべく雪見庵を発った。店に必要な者、十人はそのまま残した。今では、店の番頭になっている上忍の臨太郎に留守を頼む。


石田三成は、秀吉の知略を受け継いでいる。また、融通が利かないところがあるが、〝義〟の心を持っていた。

三成の義を重んじる逸話がある。

秀吉が生きている頃、秀吉主催の茶会が大坂城で開かれた。

臨席した大谷吉継《よしつぐ》は、皮膚病を患っていて、顔を白い頭巾で隠していた。その大谷が先に飲んだ茶を皆で回し飲みする場面があった（当時から茶会の作法は、茶を回し飲みすることであった）。

大谷が茶碗に口を付け、茶を飲んだ時、顔の皮膚の膿が茶に垂れ落ちた。

その後、回し飲みすることになったその茶碗に、誰もが口を付けるふりだけして、茶を飲まなかった。

しかし、三成だけは、飲むふりはせずに、その膿の入った茶を口に含み飲んだのである。

大谷吉継は感激し、三成を生涯の友とした。

大谷は、秀吉に「百万の軍を預けて、大谷に指揮させてみたい」と言わせる程の軍略家であった。その大谷が三成の参謀として家康討伐に知恵を働かせた。

三成の智謀と大谷の軍略、さらに三成の〝義〟の心。

家康に対して、三成は人生経験が少ないけれど、三成には勝算があった。

「こちらは大老の毛利家と宇喜多家も付いている。さらにもう一人の大老の上杉家も東から睨みを利かせている。軍勢も十万近く集まった。この戦い、必ず勝つはずだ」

三成率いる西軍は、家康方の伏見城（京都）を落とし、三成は大垣城（岐阜）に入った。

そこを防衛線として、畿内で家康に味方する勢力を個別に撃破する作戦を立てた。

対する東軍の家康は、福島正則を中心とした豊臣武闘派の武将を尾張（愛知）の清洲城に送った。

福島らの軍は、三成方の岐阜城を落とす。

これを見て、家康は軍を二手に分け、三成を討つべく江戸を出発した。

家康は、東海道を進み、子の秀忠《ひでただ》には中山道を進ませた。

秀忠には、三成側の上田城（長野）にいる真田昌幸を討つことが命じられた。

家康は、江戸を出発して僅か二週間後に美濃《みの》赤坂（岐阜赤坂町）に陣を構えた。

大垣城で待ち構える石田三成の最前線まで家康は進んだのである。

家康は、さらに、大垣城を無視して三成の居城の佐和山城に軍を向けると情報を流した。

家康が若い頃、自分が武田信玄に負けた同じ作戦を、ここで繰り出したのである。

家康の情報に乗せられ、三成は安全な大垣城を出て、関ヶ原で家康軍を迎え撃つことになる。

天下分け目の関ヶ原の戦いは、三成方の小早川の裏切りにあると言われているが、戦いがこの裏切りで決まった訳ではない。

経験不足の三成を老獪な家康は、全て見通し行動していた。

「三成は、石橋を叩いて渡る慎重な性格で、虎穴に入る勇気はない。東の上杉を支える兼続も同じだ。周りを固めて万全の体制を築いてから動くだろう。一大事に対して、動きが遅いのだ。勝利を掴むには、自分が怖いと思う所に飛び込むのが鉄則だ」

赤坂の陣にいた家康は、関ヶ原の戦いの前に勝利を確信していた。

雨が降りしきる、九月十四日の夜中に東軍と西軍は関ヶ原に移動した。

家康は、ここでも縁起を担ぎ桃配山《ももくばりやま》に本陣を定めた。桃配山は、壬申の乱の時、桃を配った軍が勝利を収めたという縁起の良い場所である。

九月十五日に繰り広げられた決戦は、家康の予想通り、家康（東軍）の大勝利だった。安全な城を出て、野戦に持ち込まれた三成軍（西軍）は、簡単に打ち負かされたのである。

この戦いでも家康は開戦後、東軍の将兵を鼓舞するために、自身の本陣を桃配山から戦いの最前線に移動させた。

どこからが危険で、どこまでが安全ということを人生の経験で体得していた。勝負どころで動かない大将は、必ず滅亡するのである。

奥州で〝西軍大敗北〟の知らせを聞いた兼続は、最上を攻めていたが、軍を引き返した。

上杉減封《げんぽう》

三成の軍（西軍）に加勢すべく江戸を出発した小太郎は、関ヶ原の戦いの当日、関ヶ原でなく、西軍の別動隊にいた。

家康方（東軍）の京極《きょうごく》氏を攻めるために、大津城（滋賀）を攻撃して、城を落としたところであった。

三成の本軍に加えられなかったのが、良かったのか、悪かったのか小太郎はわからない。大垣城にいた小太郎は、九月初旬、石田三成に会い指示を受けた。

「直江殿の紹介でご加勢頂けるとはありがたい。当方は、この大垣城で家康を迎え撃つ。家康が来るまでに、畿内の家康方の城を落としておきたい。風魔殿は、京極氏の居城、大津城攻めにご参加頂きたい」

小太郎は、この指示の通り、西軍本軍とは離れ、大津城攻略の別動隊に編成された。

小太郎が今まで見てきた名将ならどう動いたであろうか、ふと考えた。

――上杉謙信公なら、家康が来る前に福島らが、立て籠る清洲城を真っ先に落としに行くだろう。武田信玄公なら、家康が上杉家を攻め出し、戦場から離れられなくなった時に挙兵したであろう。三成様は、もう少し遅く挙兵すべきであった。

西軍の別動隊は山上から、東軍京極氏の大津城に大砲を撃ちかけ、城内を破壊し、降伏させた。

しかし、敵の開城と同時に、味方の三成本軍が関ヶ原で大敗した情報を受け取った。

この敗報を受け、西軍別動隊は大坂城に引きあげた。

大坂城にいた西軍総大将の毛利輝元《てるもと》は、家康と戦う覇気はなく、家康の軍門に下った。もはや勝負がついた。

風魔一党は、大坂から元の居場所である江戸に戻った。

帰路の東海道は、東軍に支配されているため、見つからないよう夜間に移動した。

道中、腰に付けている兵糧丸《ひょうろうがん》、水渇丸《すいかつがん》、透頂香《とうちんこう》を食べて移動する。

兵糧丸は疲労回復に役立ち、梅干しの果肉が入った水渇丸は、喉を潤した。胃痛や下痢の時には、透頂香に助けられた。

家康は、三成の居城佐和山城を落とし、山を越え逃れていた三成も捕らえ、悠々と大坂城に入城した。

捕らえられた三成は、京で処刑された。

家康の敵方に付いた上杉家は処罰され、百二十万石の領地を三十万石に減らされた。

純蓮《すみれ》と紗里《さり》

十月、小太郎は妻の純蓮と娘の紗里が待つ、江戸の雪見庵に帰って来た。

発展途上にある江戸の町並みの原っぱには、コオロギが跳ねている。

小太郎が戦いをしている間も、餅屋の雪見庵は毎日営業していた。

小太郎は裏口から店の奥の部屋に入り、自身の帰宅を店員に知らせた。

知らせを聞いた純蓮と紗里が喜びながら、部屋に入って来た。

小太郎は元気な声で二人に声をかける。

「純蓮、紗里。無事に戻ったぞ。戦いは石田方の完敗だが」

「無事のご帰還何よりです。おケガは無いですか？」

小太郎が戦いに行っている間、心配していた妻の純蓮はホッとした表情だった。

「父上。良かった！　とても大きな戦いだったそうで。江戸でも戦いの話で持ち切りです」

娘の紗里は興奮していた。

「紗里は父上の無事を祈り、毎日、妙覚寺にお参りに行っていたのですよ」

純蓮が言うと、そのことを聞いた小太郎は、

「紗里。毎日、私の無事を祈ってくれたそうだな。おかげでこの通りピンピンだ！　ありが

とう」

と言い、両腕を持ち上げ、鍛えられている身体を紗里に見せた。

「紗里は妙覚寺が私たちにとって特別なお寺であることを知っているのです。妙覚寺に祀られている妙見菩薩《みょうけんぼさつ》様は、北極星と北斗七星を神格化したお方。小太郎様が江戸に移り住む時、『ここを住処にしたい』と言ったのは、この妙見菩薩様の近くにいたいからだと紗里には伝えています」

純蓮は、小太郎にお茶を入れて話した。

紗里は物心付いた頃から、この話を何度も聞かされている。

「そうか。紗里は、妙見菩薩様の意味を知っているのか。私たちは、北極星と北斗七星にいつも守られているのだよ。今度の戦いでもこの北斗七星の頭巾を着けていた。この頭巾は、純蓮の母の杏から、私が若い頃、もらったものだ。不思議とこの頭巾を着けていると大きなものに守られている感じがするのだ」

小太郎は、懐から北斗七星が描かれている頭巾を見せた。何十年も使い続けた頭巾は、かなり古びていた。

「私たちは、北極星と北斗七星に守られているんだね。私は夜になると毎日、星に向かってお祈りしているよ。父上と母上が元気で過ごせますようにって」

紗里がそう言った時、小太郎は紗里を抱きしめた。

昔から妙見菩薩は、軍神として崇敬されている。

妙見菩薩は、北極星と北斗七星の化身で、特に北斗七星にある破軍星が剣先に似ていることから、戦いの神であるとされた。

この破軍星を背にして戦えば勝利するという考え方がある。

そのことを杏は知っていたのであろう。頭巾の後ろ側に、北斗七星を縫い込み、それをかぶることで自分のお守りとしていた。

小太郎が若かりし頃、杏はその自分のお守りを小太郎に渡したのである。

それは、杏の愛情であった。

様々な事情があって、杏と小太郎は、今世では、身は一緒になれなかった。

せめて心だけは繋がっていたいという気持ちを、杏は北斗七星の頭巾を小太郎に渡すことで、精一杯、表した。

小太郎は、紗里と妙見菩薩の会話をしたことで、頭巾に込められた杏の想いに、初めて気づいた。

――杏は、私に全身全霊で愛を送っていたのだ。その愛に私は、気づかなかった。「愛情深い人になってね」と杏が私に言ったのは、杏が私に深い愛情を注いでいることを言っていたのだ。私は、何と鈍感だったのだろう。愛とは、その存在に〝気づく〟ことなのだ。孤児の私を拾ってくれた四代目。行き倒れになった私を救ってくれた斎藤様。生涯私を想い続けてくれた杏。そして、その杏の想いを継ぎ、私と婚姻してくれた妻の純蓮。いつも私に純真な気持ちで接してくれる娘の紗里。私を五代目として認め、付いてきてくれる風魔の仲間たち。私の周りは、愛に溢れていたのだ！　今まで愛を与えられることが当たり前だと思っていた。私はこんなにも深い愛を頂いていたのか。気づかなくてごめん。杏、四代目、斎藤様、純蓮、紗里、風魔忍者たち。

小太郎は、皆が今まで自分に注いでくれた愛の重さを知り、自然と涙を流していた。

「純蓮、紗里。愛しているよ！」

小太郎は、二人を思い切り抱きしめた。

「父上、力が強いよ。もっと優しく抱きしめて」

紗里が健気に言った。共に抱きしめられていた純蓮も小太郎の顔を見て、泣いていた。

「無事の帰宅をお祝いして、約束通り紅白餅を夕食に出しますね。夕食を作っている間、小太郎様は、少しお休みになっていて下さい」

純蓮は台所に移動し、夕食の準備を始めた。

雪見庵の奥の部屋で小太郎は、野良着を改良した茶色の忍者服から着替え、一休みした。

「夕食ができました。ご馳走ですよ。玄米、昆布でしめたお刺身、芋と野菜の入った味噌汁です。紅白餅も添えてあります」

と純蓮が小太郎を起こし、家族三人で温かい食事をとった。

食卓には、紗里が先程、庭先から取ってきた赤と白色の野菊が飾られていた。

「紅白餅に紅白の菊の花か。今日は目出たい」

食事をとった小太郎は、その晩、久しぶりに快適な寝室で過ごし、目覚めた。

朝には、雪見庵の旦那として、いつも通り、店の皆に顔を見せた。

祝福の餅つき

一六〇〇年も年の瀬になり、餅屋の雪見庵も忙しくなってきた。モチモチの雪見餅は、よく売れていた。

雪見餅は、白玉粉に砂糖を加え練り上げた求肥《ぎゅうひ》で白餡を包み、その上をさらに柔らかい純白の餅でくるんだものである。

雪見庵近くの妙覚寺では、毎年、十二月二十二日の冬至の夜にお祭りが行われる。

そのお祭りは、〝星祭り〟と呼ばれた。

妙覚寺はご本尊を妙見菩薩として、北極星と北斗七星の星辰《せいしん》を祀っている。

この星祭りは、自分の本命星を妨げる凶星を払って、除災得幸《じょさいとっこう》と息災延命を祈願する行事であった。

新年を迎えるにあたって、来年一年間が無事で、福が訪れ健康で長生きできますようにと、人々はこの冬至の日に妙覚寺を参拝する。

この星祭りは、京を中心に平安時代から行われていた。

夜に行われるこの行事を終えた参拝客は帰りに、餅屋の雪見庵を始め、金魚屋や塩屋、浴衣屋、手拭屋に立ち寄り買い物を楽しんだ。

樹齢三百年以上にもなるタブノキの葉から作った抹香を売っている店もある。

ハナミズキの街路樹沿いにある各店は、この日は特別に遅くまで開いていた。

沿道には大勢のお客が溢れ、夜にも拘わらず、店はどこも大忙しだった。

「可愛い金魚ちゃんは如何？」

「素敵な浴衣が売っていますよ！」

「いつもの料理にこの塩を加えてみて下さい」

沿道には、提灯もぶら下がっている。

辺りは夜なのに明るく、訪れた人々は、まるで星の世界へ迷い込んだような気持ちだった。

大忙しの雪見庵では、店先で、元は忍者である店員たちが杵と臼で餅をつく。

杵を振るうのは、元上忍で今は雪見庵の番頭をしている臨太郎である。

「えいっ、ほっ。えいっ、ほっ」

越後の米をたっぷり使い、蒸した米を二人一組でつく。

杵で餅をつく人と餅を返す人。

寒い夜に餅の湯気が立つ。

「僕もやってみたい！」

店の入り口で餅つきを見ていた男の子が言った。

「どうぞ！　重たい杵を持てるかな？」

「えいっ」

男の子はよろよろと杵を下ろす。

「そんな、へっぴり腰では、おいしい餅はできないぞ」

雪見庵番頭の臨太郎が言うと、雪見庵の店頭に笑い声が溢れた。

「よし！　俺もやるぞ！」

店の中からその様子を見ていた雪見庵店主の小太郎が外に出て来た。

「旦那様、自ら餅をつくのですか？　これはご利益《りやく》があるぞ！」

番頭の臨太郎は、男の子から杵を受け取り、小太郎に渡した。

小太郎は杵を持ち、力一杯餅をついた。

すると店で販売をしていた妻の純蓮も、

「私が返し手をやるわ！」

と販売を店員に任せ、店頭に出て、笑顔で小太郎の前に座った。

「えいっ」

小太郎が杵を下ろす。

「ほっ」

純蓮が餅を返す。

餅をつく二人の側には、娘の紗里もいる。

沿道の参拝客、雪見庵で餅を買うお客、雪見庵の店員、番頭の臨太郎、皆が二人の微笑ましい姿を見ていた。

湯気と提灯の明かりに満ち溢れたその情景を紗里は目を輝かせて、胸に刻んでいた。

冷たい風が頬にあたるが、身体はぽかぽかだった。

征夷大将軍家康

関ヶ原の戦いから三年後の一六〇三年、徳川家康は、征夷大将軍に任命された。

大坂には、依然として家康の主家にあたる豊臣秀頼がいるが、もはや家康を抑えられる人物はいなかった。

家康は関ヶ原の戦いで、敵対する勢力を一掃し、天下を手中に収めていた。

敵対した石田三成は処刑され、大勢力だった上杉、毛利家は小大名になっている。

上杉家を取り仕切る直江兼続も、もはや家康に歯向かう気持ちは無かった。


兼続は、家臣の数は大所帯のままで、一気に少ない所領になった上杉家のやり繰りで忙しかった。

その中でも、江戸の小太郎に度々、手紙をくれた。

「親愛なる小太郎殿。関ヶ原の戦いでは、ご加勢ありがとうございました。残念ながら石田方は敗れ、上杉家も所領を減らされました。もはや徳川家康様の天下です。時代の流れで致し方無い。小太郎殿もお元気ですか？　一六〇一年十月、直江兼続」

「親愛なる小太郎殿。上杉家は、百二十万石から三十万石に減封されましたが、抱える家臣の数は同じです。新田開発に努め、財政の立て直しを図っています。ところで、小太郎殿は、〝愛〟についての答えが出ましたか？

私は、愛とは、〝義〟であると考えています。謙信公もそうであったように、上杉家は代々、義を大切にしています。義とは、我が身の利害をかえりみずに他人のために尽くすことです。決して、利害で動いてはならないと思っています。謙信公もこのような家訓を残しました。『物欲がなければ心はゆったりとし、身体はさわやかである』。欲望である〝利〟を求めずに〝義〟を大切にすること。これが私の〝愛〟の答えです。青臭いですか？ 私が愛用する〝愛の前立ての兜〟の出番も無さそうです。世は泰平に向かっています。小太郎殿の愛の答えを教えて下さい。一六〇二年十二月、直江兼続」

小太郎は、一通目の手紙には、石田方の敗北に対する残念な思いと上杉家の発展を祈る内容を書いて送った。

二通目には、小太郎も長い文章で手紙を返した。

「兼続様。私は、五代目風魔頭目になる前、越後春日山城から風魔の里に戻る時、愛について気づきました。私が野垂れ死ぬところを救ってくれた斎藤様。孤児の私を拾い、育て、五代目にまで推してくれた四代目風魔頭目。五代目就任まで、温かく見守ってくれた風魔忍者たち。私は与えられていた愛を返す決意をしたのですが、戦乱の中、どこまでその愛を返して来たかわかりません。しかし、関ヶ原の戦いから江戸に帰り、我が妻と娘に対面した時、気づいたのです。私は、皆から愛を受け取っていることに気づいていなかったと。私の想い人杏も、私に愛情を注いでくれていました。今更ながらに、皆が私にくれた愛の深さを知りました。愛とは、〝その存在に気づくこと〟だと思います。兼続様が言うように、我が身の利害をかえりみずに他人のために尽くして行こうと思います。五十九歳にして、ようやく気づきました。一六〇三年二月」

一六〇三年二月十二日、六十二歳の家康が暮らす江戸城に勅使が訪れた。

その日は寒く冷たい朝であり、小雨が降っていた。

午前八時頃、新将軍の誕生を祝福するように、空は、にわかに晴れ渡り、太陽が輝き始めた。

「不自由を常と思えば不足なし」

家康は、常に現実を真正面から受け入れ、その時にすべきことを無我夢中で行動して来た。

自分に寛容であり、周りにも寛容だった。

周囲の人や状況をコントロールしないで、〝あるがまま〟を受け入れた。

征夷大将軍になった徳川家康は、江戸に幕府を開く。

日本の中心は、豊臣秀頼が治める大坂から江戸に移って行く。江戸には、益々人が押し寄せ、町は発展していった。

一体館

麗《うら》らかな春の光が差す三月、今日も一日、餅の販売を終えた雪見庵で、店主である小太郎が妻の純蓮に声をかけた。

「純蓮、店の皆を集めてくれ。私から伝えたいことがある」

「わかりました。良いことだといいけれど」

純蓮は、番頭の臨太郎を呼び、十人の店員を集めさせた。紗里もその中にいる。

「今まで十三年間、一日も休まずに雪見庵を支えてくれてありがとう。この店は、皆の汗と涙の結晶だ。この想いに応えるため、私は、今日から忍者を辞めて、商人になる。今までも風魔小太郎という名は、伏せて、旦那様と呼んでもらったが、これからは商人として名前を変える。名前は〝杵築愛之助《きづきあいのすけ》〟だ」

「良かった！　旦那様が突然言い出すから、とんでもないことかと思っていました。〝杵をついて愛を築く〟餅屋の私たちにピッタリの名前じゃない！　いい名前ですよ。愛之助様。アハハハ」

屈託のない笑顔で、妻の純蓮が応えた。

「私も今日から、杵築紗里になるのか。父上の名字を堂々と言えるね」

紗里は、今まで父親の名前を周りにハッキリと言えなかった。

商売をしているのは、仮の姿で本当は忍者だとは、とても町の人には言えなかったのである。そのため、父の名字を聞かれた時には風魔ではなく、小太郎の前の名字の〝樋口〟を使って、誤魔化していた。

「それと、もう一つ皆に重要なことを言う。それは、雪見庵で稼いだお金で、江戸にいる孤児を救うために、孤児の館〝一体館〟を作る」

「一体館を作る！　この言葉を何年待ったことか。小太郎様、いや、愛之助様。良くぞご決心頂きました」

六十六歳になっていた、番頭の臨太郎は涙を流して喜んだ。

臨太郎は、風魔の里で孤児の館〝一体館〟の館長をしていた。そして、小太郎が五代目になる時、一体館をもっと大きな建物にしてくれと頼んだ。

言葉には出さなかったが、二十四年間、その想いを持ち続けていた。

風魔の里の一体館は、一五九〇年、徳川軍井伊の軍勢によって、壊されている。

「それから、三日後の酉の日に創業以来、初めての店休を取る。皆で商売繁盛を祈りに浅草《せんそう》寺《じ》を詣でよう。私は、そこで忍者を辞め、商人として生きると誓う。江戸に散らばっている風魔一党にもこのことを伝えてくれ」

「旦那様、かしこまり。大工をしている闘次郎や左官の者太郎、魚売りの皆衛門、飛脚の兵衛も喜びますよ。早速、知らせに行きます」

臨太郎は、小躍りして喜んだ。


三日後の酉の日、江戸に潜んでいた風魔一党五十人は、浅草寺で集合した。

全員が一堂に会するのは、十三年ぶりであった。浅草寺の総門で元風魔一党は集合し、本堂に向かった。

風魔小太郎の名を捨てた杵築愛之助は、本堂に向かって、宣言をした。

「商人として江戸の町で生きていきます。そこで得たお金で孤児を育てていきます。どうか我々をお守り下さい」

風魔一行は、五重塔の前に移動した。

そこで小太郎改め、愛之助が、長く江戸の町に潜んで肩身の狭い思いをしていた元上忍たちに話しかけた。

「闘次郎、相変わらず力強い腕をしているな。これから、雪見庵の支店を江戸の各地に作るから、その大工の腕を活かしてくれ。一体館の建設も頼むぞ」

「者太郎、七十八歳になったのか。私も歳を取った訳だ。もう忍者稼業は終わりにして、その左官の腕を活かして、雪見庵と一体館の発展に力を貸してくれ」

「皆衛門、魚は売れているか？　寡黙なお主がよく、商人になったものだ。これからは、泰平の世。商人として生きて行こう！　皆衛門の売っている魚と雪見庵の餅を提供できる料理屋でも開こうぞ」

「兵衛、いつも黙々と任務をこなしてくれてありがとう。その飛脚の力を使って、これから幾つもできる雪見庵の支店の連絡役になってくれ」

「そして、臨太郎。長い間、良く仕えてくれた。一体館ができたら、是非、館長を務めてくれ。また、雪見庵をどんどん増やして、商売を拡げていくぞ。本店の番頭として、これからも頼りにしている」

浅草の五重塔前で愛之助は、一人一人に言葉をかけた。どの言葉も、今までの苦労を労うものであり、明るい希望に満ちていた。

最後に愛之助は、妻の純蓮と娘の紗里に言葉をかけた。

「純蓮。私がそなたの母の杏に想いを寄せていることも知った上で、私と婚姻してくれてありがとう。純蓮がいなければ、私はここまで辿り着けなかっただろう。これからも私を支えて欲しい」

「紗里。お前のおかげで愛の存在に改めて気づいた。これから商売を益々発展させていく。一緒に頑張ろう！」

愛之助の話を聞いた元上忍や純蓮、紗里は、五重塔を見上げながら、自分たちがぐんぐん成長していく気持ちになっていた。

杏の墓参り

店休を取り、浅草に初めての社員旅行をした雪見庵の店員は、翌日からまた店で働いた。餅の仕込みは、朝早くから行われた。

朝の仕込みを終えた紗里が、店の奥の部屋に入り、父である愛之助に話しかけた。

紗里は、十二歳になっている。

「昨日の浅草詣では、楽しかった。また、皆でお参りしたいな。今度は、祖母の杏のお墓参りに行きませんか？」

祖母である椎名杏の墓は、足柄の風間谷にある。

風魔一党が住んでいた風間村は、破壊されていたが、そこから離れている杏のお墓は、今でもあった。

二人の会話を聞いていた純蓮が、愛之助に言った。

「そうよ。旦那様は、母上が好きだったのでしょ。年に何回かは、皆でお墓参りに行きましょう！　道中の旅も楽しいかも」

純蓮は、慈しみに満ちた眼差しで、愛之助を見た。

「わかった。四月も店休を取って、皆で足柄の風間谷に行こう。ここからは少し距離があるから、一泊旅行にしよう！」

愛之助は、凛とした透明感のある声で応えた。

朝日が昇り、窓から一筋の優しい陽射《ひざ》しが、愛之助の頬を照らした。

愛之助は、太陽の光がこんなにも暖かいものであることに初めて、気づいた。


「母上。お店にお客さんが来ているよ。私、店番に戻るね」

「私も行かなきゃ」

純蓮も、紗里に続いて、店に戻った。

紗里は、お客さんに向かって、元気に声をかけた。


「いらっしゃいませ。雪見庵へようこそ！」


一人になった愛之助は、雪見庵の奥の部屋で想った。

――ただそこに存在するだけで、傷ついた人に寄り添える温かい人になりたい。


現実を受け入れ、その苦しみや辛さを味わい切った時、人間力が増していく。

通常の人よりも溢れる想いがあるのに伝えられない。

それにもがき、苦しみ、傷つき、孤独にもなった。

傷ついた分だけ器が広がる。

樋口尋一、風魔小太郎、杵築愛之助は、たくさん傷ついた人だけが行きつく、究極の優しさを持っていた。

完

参考文献

『武田勝頼』　二〇一七年　丸島和洋　平凡社

『謙信と信玄』　二〇一二年　井上鋭夫　吉川弘文館

『戦国の情報ネットワーク』　二〇一五年　蒲生猛　コモンズ

『戦国大名・北条氏直』　二〇二〇年　黒田基樹　角川選書

『北条氏政』　二〇一八年　黒田基樹　ミネルヴァ書房

『武田信玄』　二〇〇五年　笹本正治　ミネルヴァ書房

『武田勝頼』　二〇一一年　笹本正治　ミネルヴァ書房

『小田原合戦と北条氏』　二〇一二年　黒田基樹　吉川弘文館

『長篠合戦と武田勝頼』　二〇一四年　平山優　吉川弘文館

『上杉謙信』　二〇二〇年　山田邦明　吉川弘文館

『上杉謙信』　二〇〇五年　矢田俊文　ミネルヴァ書房

『直江兼続と戦国武将・合戦の真実』　二〇〇九年　学研プラス

『地図で知る戦国　下巻』　二〇一一年　武揚堂

『織田信長　天下布武の足跡』　二〇一二年　小和田哲男・小和田泰経　平凡社

『石田三成　復権！　４００年目の真実』　二〇〇九年　新人物往来社

【著者紹介】

鏡本ひろき（きょうもと　ひろき）

東京都在住

明治大学経営学部卒業

中小企業診断士

歴史の面白さを知ってほしい、心に響く言葉や物語を通して読者の支えになりたいという想いで「鏡本歴史物語」シリーズを書き下ろす。2023年、文芸社より『日月星の神様　最初の図書館を作ったヤカツグ』刊行。

忍者風魔《にんじゃふうま》
～戦国時代《せんごくじだい》を生《い》きた風魔小太郎《ふうまこたろう》～

2023年6月30日　第1刷発行

著　者　　鏡本ひろき
発行人　　久保田貴幸

発行元　　株式会社 幻冬舎メディアコンサルティング
〒151-0051　東京都渋谷区千駄ヶ谷4-9-7
電話　03-5411-6440（編集）

発売元　　株式会社 幻冬舎
〒151-0051　東京都渋谷区千駄ヶ谷4-9-7
電話　03-5411-6222（営業）

印刷・製本　中央精版印刷株式会社
装　丁　　弓田和則
装　画　　与

検印廃止

ISBN 978-4-344-94418-3 C0093
幻冬舎メディアコンサルティングＨＰ
https://www.gentosha-mc.com/